高嶺の御曹司の溺愛が沼すぎる

丸井とまと

STARTS
スターツ出版株式会社

プロローグ

「あ、秋本くんだ！」

廊下ですれ違った女子たちが声を弾ませた。彼女たちの視線の先を辿ると、階段付近の壁に寄りかかってスマホをいじっている秋本葉がいる。

誰もが知っているホテルや結婚式場などの経営をしている有名な会社の御曹司。

その肩書きだけでも目立つけれど、秋本くんには他にも周囲を惹きつけるところがある。

「本当かっこいい〜！」

筋の通った鼻に、くっきりとした二重のラインと、同い年とは思えないほどの色気。誰もが目を引く外見だ。

「本命って誰なんだろう」

「たしか大学生らしいよ」
彼に関する噂を、二学期が始まってからよく聞くようになった。
その一「年上の本命がいる」
その二「関係を持てても、付き合うことは望んではいけない」
その三「絶対にキスはしない」

私が知っている秋本くんとは別人。昔はそんな人じゃなかったのに。

中学生の頃の彼は、線が細くて小柄な美少年って感じで、儚げだった。

だけど今は、身長はモデルのように高くなり、骨格もしっかりしている。

特に高二の二学期から雰囲気が変わった。サラサラだった髪は緩くセットされて、髪色も黒からシルバーアッシュになった。儚げな雰囲気は色気に塗り替えられている。

そして最近、手当たり次第女子と遊んでいるんだとか。

彼が近くにいるだけで、周囲の女子が騒がしくなるからすぐわかる。

中高と学校が一緒でも、この先私が関わることはない。そう思っていた。

けれど……それは突然起こった。

ただそこに立っているだけで神々しく見える色気たっぷりなイケメンの男、秋本葉が真剣な表情で私にこう言った。

「俺の××を守ってくれ」

「ごめん、意味わからない」

こんな妙な頼みごとをされたのは初めてだった。

目次

一章　契約成立

れる。

「ね、お願い。キスはしないって約束守るから」

廊下から漏れる声に、なんとなく嫌な予感はしていた。

けれど引き返すわけにもいかず、私は開いているドアから音楽室へと足を踏み入

「約束ってなんだよ。……っ、やめろって」

艶っぽい声というよりかは、戸惑っているような声が聞こえて眉をひそめた。

「いいじゃん。減るもんじゃないし。一回だけ！」

嫌がられたことに相手は余計に喜んでいて、心底引いてしまう。

「降りて」

「お願い〜！」

「お願いじゃなくて。こういうの迷惑だから、やめてほしい」

音楽室の窓際でいちゃついている男女のことを横目で眺めながら、掃除用具箱からモップを取りだす。

人が来てもお構いなしだから、どうするべきなのか悩む。このまま掃除をしたいけれど、いくらなんでも無関心を貫くのは難しい。

……面倒なタイミングで来ちゃったな。

モップを片手に、ため息をはいた。

「だって、遊びならいいんでしょ？」

「そんなこと言った覚えないから」

「えー……でも麗華とか莉緒も言ってたよ？」

「誰だよ、それ。とにかく降りて」

見なかったことにして立ち去りたい。誰も他人のこんな場面なんて見たくない。

床に座っている男子のワイシャツがはだけていて、ボタンが第三くらいまで外されている。

一方女子の方は、男子に馬乗りになっていて、下着姿になっていた。同性とはいえ、目のやり場に困る。

いや、問題点は女子の方が無理やり男を脱がせようとしていることだ。

それに、彼――秋本くんは、本気で嫌そうにしているように見える。

噂では遊び人で、手当たり次第関係を持つと言われているけれど、ここまで嫌がっているのはなぜだろう。

とはいえ、私が割り込んで止めたところでどうにもできないし、男子の力であれば相手の女子を押し退けることだってできるはず。

それに女子の方は、私の姿が目に入っていない。きっと止めたところで、無視されるか睨(にら)まれるだけだ。

「あのー……掃除しますね」

念の為一言断って、とりあえず床にモップをかけていく。

ちらりと横目で秋本くんを見ると、目が合ってしまった。

「先輩、降りて」

秋本くんが迷惑そうに言うと、先輩と呼ばれた女子は不満げな表情をして、私に鋭い視線を向ける。私に邪魔をされたと思ったのかもしれない。

上履きの色を見ると緑なので三年生だ。先輩に目をつけられると面倒くさそう。よりにもよってなんで今日私が掃除当番なんだろう。

「じゃあ、他の場所行く？」

「俺、こういうことする気ないんで」

怒りに震えているドスのきいた声で秋本くんが言うと、先輩は一瞬固まった。

そしてすぐににっこりと微笑み、秋本くんから離れる。

「あーもー、今日は邪魔が入っちゃったからまた今度ね？　秋本くん」

服を整えて甘ったるい声で言うと、再び私を睨みつけて先輩は音楽室を出ていく。

きっぱりと断られていたのに、先輩は全くめげていないようだった。

音楽室に取り残された私と秋本くんの間に無言の時間が流れる。……とてつもなく気まずい。

今日は私以外の掃除当番の子たちがバイトで先に帰ってしまったのだ。

今度なにかを奢るという約束で、私はひとりで掃除を引き受けたのだけれど、とんだ災難だ。適当にモップをかけてさっさと帰ろう。

「……はぁ」

深いため息が聞こえてきて、視線を秋本くんに向ける。

はだけた胸元を握りしめた秋本くんは、顔色が悪い。今にも倒れそうなほどだった。

それなのになぜか絵になる。窓から差し込んだ夕日は、彼から放たれているのではないかと錯覚を起こしそうなほどだった。

骨張った手に握りしめられたシャツの皺、日が伏せられて長いまつ毛の影が落ちている。憂鬱そうな表情ですら、息をのむほどの色気が漂っていた。

思わず見惚れてしまって、我に返る。

遊び人と言われている彼が、女子から積極的にされて疲れきっているなんて。

さっきの人がそれほど苦手だったのかもしれない。声をかけて助けるべきだっただろうか。

「えっと……大丈夫？」

秋本くんは警戒するように、私の真意を探っている眼差しを向けてきた。

「大丈夫じゃない。……最悪」

私には噂がどこまで本当なのか、わからない。

でも女好きで遊んでいるという噂とは、ちょっと印象が違う。だけど中学の頃の彼とも違っていて、どこか刺々しい。

「どうしてあんな状況になってたの？」

「女子たちにしつこくつきまとわれて音楽室に避難したら、あの先輩に見つかったんだ。全然話聞いてくれないし、でも突き飛ばすわけにもいかないから困ってた」

あの先輩、かなり積極的で秋本くんが拒否をしていても、お構いなしという感じだったし、モテるのも大変そうだな。

疲れていそうな彼に私ができることなんてない。中学から一緒とはいえ、親しいわけでもないし、慰めの言葉だって余計なお世話だろう。

ブレザーのポケットに手を入れると、飴玉が出てきた。

これは私が時々登下校のときに食べる用として、いつも持ち歩いているものだ。

「あげる」

いちご味の飴玉を秋本くんの近くにある椅子の上に置く。甘いもの好きかどうかもわからないけれど。でもなんとなくこのまま放っておけなかった。

「飴？」

秋本くんが眉を寄せたのを見て、私は言い訳のように早口で理由を述べていく。

「あ、いや、甘いもの食べたら気分少しは変わるかもって思って。別に大した理由はないし、苦手だったら食べなくていいよ」

「……どーも」

一応受け取ってくれたので、嫌いではなさそうだ。けれど、すぐに冷静になって後悔する。

……なにしてるんだろう。

いきなり飴なんて渡して、自分から関わろうとするなんて。

相手は女子から人気で、毎日女を取っ替え引っ替えと言われている秋本くんだ。

私は住む世界が違う。きっと今日はたまたま体調が悪かったとか、そういう理由で逃げていたに違いない。

「じゃあ、ここ出るとき電気消しておいてね」

これ以上長居はしないほうがいい気がして、モップを仕舞って音楽室を出た。

クラスだって違うし、こんなふうに秋本くんと関わることは、もうないはずだ。

翌日、私は学校へ行くのを少し身構えていた。あの女の先輩に目をつけられたかもしれない。ロッカーとか自分の席になにかされていないかと不安だったけれど、平和な朝だった。

いつもどおり、教室で仲のいい三人で談笑する。

「これ、見て！　今朝話題になってた熱愛のやつ。推し同士がくっつくとか最高すぎ！」

推していたアイドル同士の熱愛が発覚したらしく、ひよりが朝から興奮気味に話している。

ショートカットの髪にすらりと長い手脚のひよりは、カッコイイ女子という雰囲気だけど、学校内や有名人のゴシップなどの話が好き。そういった話題に少し疎い私に色々な話を聞かせてくれる。秋本くんに関する噂話もひよりが教えてくれた。

「あれ、でも熱愛炎上って書かれてるね？」

私以上にネットや有名人の話題に疎い綺莉(きり)が首を傾げる。

「そういうもんなんだよ。推しの恋愛の話題は地雷な人も多いから」

「なるほど……タブーなんだね。でも私だったら好きなアイドルの恋愛事情って、気になっちゃうかも」

「気になるって人は多いけど、受け入れられる人は少ないんだと思うよ」

ひよりの説明を熱心に聞きながら頷き、考え込むように手を顎に添えている綺莉に私は噴き出す。

「綺莉って案外恋愛の話題好きだよね」

「えっ、そうかな」

「彼氏ができたからじゃない？　ね、綺莉」

からかい混じりにひよりが言うと、綺莉は首を横に振って「そんなことないよ」と慌てながら否定する。

艶やかな長い黒髪が印象的な綺莉は、清楚美人だと一年の頃から騒がれていた。けれど、二年になってから春日井という男子と付き合い始めて、ここ最近特に幸せオーラが滲み出ている。

「ねえ、春日井と順調？」

私の質問に綺莉は照れくさそうに微笑んでから頷く。

春日井は女遊びが激しいと言われていたので、遊ばれているのではないかと疑ってしまったけれど、真剣に交際しているらしい。むしろ今は彼女に一途と言われていて、遊び人という称号は春日井の友人である秋本くんに移っている。

「幸せそうでいいな～！　ね、亜未」

「うん、本当羨ましい」

好きな人と付き合えるって、私にとっては奇跡みたいなものだから。一瞬心に黒い影のようなものがかかるけれど、私はそれを消し去るように微笑んだ。

急に周囲がざわつきはじめた。私たちは会話を止めて、騒がしい方向を見やる。

教室のドアの付近には女子たちが集まっていて、廊下を眺めていた。「カッコイイ！」「一度でいいから遊ばれたい」とはしゃいでいる。

「秋本くーん！」

誰かが彼の名前を呼ぶと、「なに」と素っ気ない声がした。たった一言秋本くんが答えるだけで黄色い声が上がる。

「今日もすごいね。秋本くんの人気」

綺莉が感心したように呟く。

最近特に秋本くんの人気が高くて、アイドル扱いになりつつある。

「そういえば、昨日入間（いるま）先輩と秋本が一緒にいたらしいよ」

「え？」

ひよりの発言に私は思わず聞き返してしまう。

「入間先輩って知らない？　オレンジブラウンの髪を巻いてて、軟骨（なんこつ）にピアスつけてる先輩」

音楽室で会ったあの先輩の姿が思い浮かぶ。ひよりの言っている特徴と一致しているので、おそらく彼女が入間先輩だ。

「今朝、ちょうど登校のタイミングが被って。音楽室でふたりきりになって、それで関係持ったとか、先輩本人が話してたのが聞こえたんだよね」

「え……」

私が知っている事実と違っている。

秋本くんが拒否をして、関係は持っていないはずだ。あの様子だと私が帰った後に、ふたりがまた一緒にいたというのは考えにくい。

「秋本って、三年の先輩たちとよく遊んでるっぽいよ」

「……あの噂って、本当なの？」

ひよりと綺莉の視線が一気に私に向けられる。

「噂って、遊びなら関係を持てるとかそういうやつ？」

私が頷くと、ひよりは今まで聞いてきた噂について説明をしてくれた。

「確か先輩たちから広まったんだよね。告白したら、付き合えないけど遊びならいいって言われたとか。そのあとから、関係を持った人がどんどん増えたみたい」

「……それだけ聞くと本当に遊び人って感じだね」

やっぱり昨日は体調が悪かっただけなのかもしれない。

でも気にかかるのは、断っていたはずなのに遊んだという話が流れているということ。あの女の先輩が断られたショックで流したのだろうか。

「遊び人なのに、本当は報われない恋をしてる秋本を推せる~って人も多いんだってさ」

「報われない恋?」

「ほら、前に秋本が大学生っぽい人と腕組んで歩いてるの見たって話したでしょ。その人が本命で、片想いでもしてるんじゃないかって噂。キスも絶対しないらしいし」

そういえば、年上の女性と親密そうに街を歩いていたと噂が広まったことがあった。

そっか、その人が本命なんだ。けれど、報われない恋だから、他の人で遊んでいるということ?

聞けば聞くほど、頭が痛くなるような噂だ。

中学から一緒だけど、彼が遊び人になるなんて想像もつかなかった。

今のように背が伸びて色気の漂う男子になる前までは、美少年って彼のことをいうんだなと思うほど、中性的で儚げだった。

あの頃から人気はあったけれど、今とは違って女子を近づけさせないタイプだった。素気なくて、周りに興味がなさそうで、ひとりでいる方が気楽そう。そんな印象の男の子。

……でも、私も人のことは言えないか。

「こういう話題に亜未ちゃんが興味持つなんて珍しいね」

綺莉の指摘にどきりとする。

「ただ、なんとなく……気になっただけ」

「亜未、秋本と遊ぶのだけはやめといた方がいいからね。沼ったら抜け出せないらしいよ」

「大丈夫だって。私、ああいう人に興味ないし」

私が好きなのは昔からひとりだけ。とはいえ、楽しい恋なんかじゃないけれど。

相手には別の好きな人がいて、都合のいいときだけ呼び出される。その程度の関係で、報われない片想い。

　その点では、秋本くんと似ているのかもしれない。

「亜未ちゃんはどんな人がタイプなの？」

　目を輝かせて聞いてくる綺莉に、私は戸惑いながらも自分のタイプについて考えてみる。

　どんな人、だろう。ずっと片想いをしている相手は、どこが好きになったのか今ではよくわからない。

「うーん、考えたことないかな」

「やっぱり、亜未ちゃんって大人って感じだね」

　ただの面倒くさがりなのに、綺莉はそう感じたみたいだ。

　綺莉は私のことを大人だとか、落ち着いていると言ってくれるけれど、実際はそんなことない。寂しがりで、子どもっぽくて、だけど意地っ張りだから本音を打ち明けられない。

　私には、大事な友人たちにも言えない秘密がある。

　きっとこれを知られたら、ひよりにも綺莉にも顔を顰められてしまうかもしれない。

ブレザーのポケットの中に入れていたスマホが振動した。確認をしなくても、なんとなく誰なのかわかった。

話題が別のことに移り、綺莉たちが盛り上がっている中、私はスマホを取り出す。

【今日会わない？】

虚しくて嬉しい誘いだった。

そして私は、躊躇いながらも返事をしてしまう。

【いいよ】

私の好きな人には、別の好きな人がいる。

彼にとって私は代わりで、暇つぶし。寂しい日に呼ばれて、隣にいてほしいとねだられる。付き合える可能性はないとわかっている。

何度も会うのをやめようと考えたけれど、結局断ることができない。

彼が本当に必要としているのは私ではないのに。

駅前のカフェのカウンター席が、私たちの待ち合わせ場所になっていた。

「はい、亜未の分のコーヒー」

見上げると、サラサラとした焦げ茶色の髪の男性が私に微笑みかけてくる。

「ありがとう、知くん」

私の分も買っておいてくれた知くんに、明るい声でお礼を告げる。

片想いをしている幼馴染の知くん。年齢は私のふたつ上で、小学生の頃から家族ぐるみで仲がいい。

私にとって知くんは優しくて憧れのお兄さんだった。お姉ちゃんと喧嘩をするたびに、慰めてくれて、甘やかしてくれる。親からは兄妹みたいと言われていたけれど、私は恋愛感情を抱いていた。

だからこそ、知くんが誰を好きなのか、すぐにわかった。

知くんの視線の先に、いつもいるのは私のお姉ちゃん。

私が中一の頃、ふたりが付き合い出して、諦めようって一度は決意した。けれど、その後ふたりは別れてしまって、お姉ちゃんの方は新しい彼氏もできている。でも知くんは、今もまだお姉ちゃんのことを引きずっていた。

コーヒーにミルクと砂糖をたっぷり入れて、スプーンでかき混ぜてからひと口飲む。

口の中に広がる苦さに眉を寄せそうになった。

本当はコーヒーが苦手だ。背伸びして、知くんの真似をして、コーヒーを頼んでいる。飲んでいたらいずれ好きになるかも。そう思っていたけれど、いまだにこの苦味は慣れない。

「亜未」

名前を呼ばれて隣を見やる。

「進路は決めた？」

「んー、まだ」

「決まらないなら、一緒のところにすればいいよ」

……同じ大学か。それは私にとって、いいことなんだろうか。夢も目標もないいま、好きな人がいるからってだけで大学を選ぶだなんて。

それに知くんは私に同じ大学を目指して欲しいの？

「まあ、最終的に亜未が決めることだけど」

「……そうだね」

近づいたと思ったら、突き放されたような気分だ。

いつだって知くんは私が一歩近づこうとすると、すっと離れる。けれど、逆に遠ざかろうとすると繋ぎ止めるように甘やかしてくる。

膝に置いていた手を掴まれて、びくりと体が震える。

私の手に、知くんの手が重ねられていた。

「今日は突然呼び出してごめん」

「ううん、私は大丈夫だけど」

憧れの人に繋がれる手は、前だったらドキドキしていた。けれど今は少し虚しい。

これは、寂しさを紛らわせるためだけの行為だから。

「今夜一緒にいてほしい」

懇願する知くんの眼差しからは、熱を感じない。それよりも凍えた心を温めてもらおうとしている方がしっくりくる。

またお姉ちゃんとなにかあったのかな。

この人を忘れたくて、別の恋をしようと思ったこともある。

告白してくれた男子と付き合ってみたこともあったけれど、やっぱり恋をすることはできなくて別れてしまう。

少し前に付き合った人には、『亜未がなに考えているのかわからない』と言われて振られてしまった。

そしてまた、知くんのもとに戻ってきてしまう。辛くなることはわかっているのに。

……こんな自分に時々嫌気がさす。

カウンターに置いていた私のスマホが振動する。

「ごめん、バイト先から電話」

知くんから手を離して、電話に出た。

『ごめん、柊木さん。今夜バイト出られない？　今日のシフトの人が体調不良で急遽休むことになっちゃって』

店長はいろんな人に声をかけたけれど、みんな出られないらしい。

ちらりと横目で知くんを見ると、微笑まれる。おそらく察してくれたみたいだ。

「わかりました」

電話を切って、知くんにこれからバイトに出ることになったと説明をすると、「頑張って」と言われて送り出された。

もしもバイト先から電話が来てなかったら、今夜は知くんと過ごしていたかもしれない。罪悪感と少しの安堵が入り混じって、複雑な気持ちになる。

これ以上、抜け出せなくなる前に少しずつ離れていかないと。


私のバイト先は、近所のコンビニ。高一の頃から働いているので、かれこれ一年くらいになる。

タバコの銘柄も、配送関係も、商品がどこにあるのかも頭に入っている。お店の前でたむろする柄の悪い中学生たちへの注意だって慣れた。

特別愛想がいいわけではないけれど、大きな問題もなくこなせていると思う。

「……何時に上がり？」

「え？」

レジ打ちをしていると、突然妙なことを聞かれて反射的に声を返してしまった。

相手は黒のキャップを深く被っていて、アイボリーのトレーナーに黒のワイドパンツ姿。高身長で、私と二十センチ以上の差がありそうだった。

あくまで相手はお客様だ。頑張って表情筋を動かして、微笑む。

こういう迷惑な誘いには動じないのが一番。早く終わらせよう。

「レジ袋はご入用ですか」

「いる。じゃなくて、何時に上がりか聞いてんだけど」

「そういった質問には答えられません」

面倒な人が来ちゃったな。でも、なんとなく声に聞き覚えがある。私は帽子の下の相手の顔を確認して、目を見開く。

「え、もしかして秋本くん？　なんで……」

「ここ、俺の家から近いんだ」

そうだったんだ。同じ中学だったとはいえ、彼の家までは知らなかった。もしかして今までも接客していたことがあるのだろうか。

レジ袋に商品を詰めて会計をする。けれど、それが終わっても秋本くんはレジの前から動かなかった。

「で、何時」

「あと三十分くらいで上がるけど……」

「じゃあ、外で待ってる」

「え、なんで？」

私のバイトが終わるまで、秋本くんが待つ理由がわからない。

「話があるから」

話ってなに？と聞きたかったけれど、彼はレジ袋を持ってコンビニから出て行ってしまった。

……秋本くんが私に話？

彼の用事がなにか見当もつかなくて、悶々としながら私は残りの三十分を過ごしていた。バイトが終わり、着替えを済ませて外に出ると、コンビニの外で立って待っている秋本くんの姿があった。

「お待たせ」

私に気づくと、秋本くんは「おつかれ」と片手を上げる。なんだか妙な気分だった。あの秋本くんと学校外で、しかもバイト帰りに待ち合わせだなんて。それに私服だからか、学校のときよりも大人っぽく感じる。

「話って？」

なにを言われるのかと身構えていると、「悪かった」と突然言われた。

「こないだ、音楽室で掃除の邪魔しただろ。それに柊木がいたから助かった」

「……私、なにもしてないよ」

あれは助けたうちに入るのか微妙なところだ。たまたま私は掃除当番でいただけ。

「けど、柊木がいなかったら先輩は引かなかったかもしれないし。……それに飴もありがとな」

私をまっすぐに見つめてくる秋本くんは、澄んだ綺麗な目をしていた。

女子たちが彼のことをかっこいいと毎日のように騒いでいる理由はわかる。この目に見つめられると、息をすることすら躊躇ってしまう。

「……このためにわざわざ待ってたの？」

それなら学校でいいのにと思ったけれど、学校だと変に注目を浴びてしまう。秋本くんはそれを配慮してくれたのかもしれない。

「いや。もうひとつ、大事な話がある」

むしろここからが本題だとでも言いたげだった。

「柊木」

「え？　なんのこと？」

なにか重大なことでも発表するかのように、秋本くんは深刻そうな表情で重々しく口を開く。

「俺と付き合ってほしい」

「はい？」

予想外の発言に、声がうわずってしまう。

「言い寄られることに疲れたんだ」

「……はい？」

告白されたことにすら頭がまだ完全に追いついていないというのに、畳み掛けるようにわけのわからないことが追加されていく。

「だから、俺の貞操を守ってくれ」

「ごめん、意味わからない」

額に手を当てながら、必死に状況を整理していく。

「これって、告白じゃないよね」

「告白だけど」

さらりと言われても、全く響かない。

この人は私のことを別に異性として好きではないはずだ。だって、今まで関わりもなかった。それなのになぜこんな意味不明なことを言ってくるのかと理解に苦しむ。

「柊木は、俺のこと興味ないだろ」

「それって、今告白している相手に言うことじゃないでしょ」

「岩田先輩」

氷水でも頭からかけられたように、ひやりとした。

「え……なに、急に」

動揺する必要なんてない。秋本くんの口から知くんの名前が出てきたからって、ただの幼馴染って言えばいい。それなのに、どうしてか秋本くんには見透かされているような気がした。

「同じ中学だったし、なんとなく察した」

「察したって……私はただ幼馴染なだけで」

「ただの幼馴染なのに手を繋ぐわけ？」

なにも言い返せなかった。彼の言うとおり、普通はこの歳になって幼馴染と手なんて繋がない。

「悪い。あんまり触れてほしくないことだよな」

「……どうして知ってるの？」

私と知くんが付き合っている可能性もあったのに、私の片想いだとわかっているような口ぶりだった。

「中三の夏頃、泣いていたのを見たから」

「え？」

「柊木がひとりになったとき……泣いてただろ」

そのときのことは、覚えている。知くんに手を繋がれて、そのときは幸せだと思っていた。けれど、友達に今から地元の人たちで集まろうという誘いを受けて、知くんは私の手を離して去ってしまった。

『ごめん、埋め合わせはまたする』

そう言った知くんの声は少し弾んでいて、きっとお姉ちゃんもその中にいるんだろうなと思った。

「それに岩田先輩って、俺らが中一のとき……」

「うん。私のお姉ちゃんと付き合ってたよ」

学年が違っていても、お姉ちゃんたちは結構目立っていたから秋本くんも知っていたみたいだ。

「お姉ちゃんたちが別れて、そのあと……ああいう感じになったから、浮気とかではないよ」

言い訳のような説明を、秋本くんは相槌を打ちながら聞いてくれる。

「やめなくちゃって思ってるのに。呼ばれたら会いにいっちゃうんだよね。だから秋本くん、私みたいのと付き合わない方がいいよ」

なんで秋本くんにこんなことを私は話してしまっているんだろう。でももしかしたら、知くんやお姉ちゃんと無関係な彼だから話せるのかもしれない。

「柊木は俺を使えばいい」

「え？」

「だから、付き合おう」

「ちょ、ちょっと待って、なんでそれで私たちが付き合うことになるの？」

知くんのことを私が引きずっているという話をしたばかりなのに、秋本くんと付き合う話に戻って、混乱してしまう。

「その人と離れたいけど、離れられないんだろ。彼氏ができたら断る理由になる」

「それはそうだけど……」

「なら、俺を提案する」

「いや、提案って。だいたい秋本くんと私ってお互いのことよく知らなくない？」

というか、やっぱりこれが告白だとは思えない。秋本くんはなにを望んで私にこんな話を持ちかけてきているんだろう。

「わかった。柊木の愚痴でもなんでも聞く」

「特典みたいに言われても」

「甘いものは、好き？」

「え？　うん、好きだけど」

「俺も」

共通点ひとつ見つけたとでも言いたげに秋本くんが口角を上げる。そんな共通点、そこら中の人と一致するよ、秋本くん。

「俺の近所の洋菓子店のケーキ、めちゃくちゃ美味い。おすすめはモンブラン」

「そ、そうなんだ？」

「他に好きなものは？」

「えー……うーん、ゾンビ討伐系ゲームが好き」

「……柊木が討伐している姿を俺は隣で応援する」

怖いのは苦手のようで、表情が一気に暗くなる。いつも気だるげに話していて、あまり動じなさそうな彼の意外な一面が見えてきて内心驚く。

貞操を守れとか変なことを言うから身構えてしまったけれど、力が抜けた。

「けどさ、秋本くん別に私のこと好きじゃないよね。付き合おうって言ってくる目的ってなに？」

「俺は周りの女子を断る理由になるし、柊木は岩田先輩と離れる理由になる」

やっぱりこの告白に恋愛感情なんて一ミリもなかった。

「つまり秋本くんの貞操を守るために、私が彼女役をするってことだよね」

「こんなこと柊木にしか頼めない」

「私にしかって、なんで？」

ほとんどの女子が秋本くんのことを好きになっちゃうからってこと？

彼に落ちてしまう女子はたくさんいるだろうけれど、探せば私以外にだっているはずだ。

「……女子が苦手なんだよ」

口を開いたまま私は呆然とする。

女遊びをしていると言われている秋本くんが女子のことが苦手？

「でも、いろんな人と関係持ってるんだよね？」

「それは勝手に一部のやつが嘘の噂を流してるだけだから」

秋本くんは、だるそうにため息を吐いた。

「……俺は誰とも遊んでなんかねぇのに」

嘘の噂を流されて、秋本くんは女子たちから追い回されたり、関係を迫られているってこと？

「けど、それなら噂を否定して、断ればいいんじゃないの？」

「最初はそうしてた。でも結局今も噂は消えてない」

秋本くん情報なんていうものが、女子たちの間で交換されているほどで、ひよりが時折教えてくれるけれど、その中に遊んでいる噂が嘘だという話はひとつもなかった。きっと誰も信じなかったんだ。

「それに近寄ってくる女子たちは、みんな俺の中身なんてどうだってよくて、見た目とかが目的なだけだから」

秋本くんの彼女の座を狙っている人はたくさんいる。整った顔に、文武両道で学校の人気者。それにお父さんは飲食店をいくつも経営しているらしく、メディアに出るほどの有名人だそうだ。

こういった彼の肩書き目当ての女子たちに、秋本くんはうんざりしているようだった。

「彼女ができたら、そういうのが減るかもしれないし」

だから、秋本くんに興味がなさそうな私に彼女役をやってほしいということみたいだ。

「俺のことが嫌になったらすぐ別れていいから」

「でも」

「試しに少しだけでも付き合ってほしい」

好きでもないのに付き合うことに少し抵抗があるけれど、ここまで必死に頼むということは相当困っているみたいだ。それに私にとっても悪い話ではない。

知くんに呼び出されても、彼氏ができたからと言って距離を置ける。今までも彼氏ができたとき、そうやって距離を置いたけれど、すぐに別れていたため効果がなかった。

契約の付き合いなら、愛想を尽かされてすぐに別れることもないだろうし、ずっと引きずっていた想いも癒えていくかもしれない。

それに、お互いに恋心がないからこそ秋本くんとは気楽な付き合いができそうだ。

「期限は？」

私の言葉に秋本くんが眉根を寄せる。

「お互い目的があって付き合うなら、期限とか条件が必要じゃない？」

「確かにそうだな」

少し沈黙が流れた後、秋本くんはいくつかの条件を口にした。
一、お互いに好きな人ができたら別れる。
二、問題が解決、または途中で片方が望んだら契約を解消する。
三、契約を結んで付き合ったことは、周りには秘密にする。

「これでいい?」

私が頷くと、秋本くんが不敵に微笑んだ。

彼に恋をしていない私も、刺激が強すぎるほどの色気が漂っている。

「契約成立だな」

ふとひよりの言っていたことが頭によぎった。

『沼ったら抜け出せないらしいよ』

……大丈夫。私たちはただの契約。恋愛なんてしない。

こうして、秋本くんは貞操を守るため、私は不毛な関係を終わらせるために愛のない付き合いをすることになった。

二章　試していい?

秋本くんと付き合いだした翌朝。

スマホに一通のメッセージが届いていた。

【朝、待ち合わせして一緒に行こう】

送り主は秋本くんだった。昨日のことは夢じゃなかったんだなとぼんやりと思いつつ、OKのスタンプを送り返す。

「え……いやいやいや」

洗面所で歯磨きをしながら、それはないでしょと冷静になっていく。

以前彼が登校しているのを見たことがあるけれど、やたら輝いていて周囲の視線を集めていた。

秋本くんと一緒に行くってことは、その隣に私が立つってことだ。きっと噂はあっという間に広がって、四六時中嫌な視線を浴びるに違いない。

私、秋本くんと本当に付き合って大丈夫なのだろうか。

昨日は勢いに飲まれて契約を結んでしまったけれど、冷静に考えたら秋本くんを狙っている女子たちの恨みを相当買いそうだ。

一度は承諾したのに申し訳ないけれど、丁重に断りを入れる。

【ごめんなさい。やっぱり朝は別で】

いきなり登校は私にはハードルが高い。

【なんで】

即座に返信が来る。

【ちょっと寝坊して遅くなるから】

そう返すと、諦めたのか返事は来なくなった。

ひとまずは逃れることができたと、胸を撫で下ろす。

付き合うことを引き受けた以上は、覚悟を決めないと。でもやっぱりなかったことにできないかなと逃げの気持ちも芽生えてくる。

それに綺莉やひよりたちに知られたら、どう説明しよう。私たちは細かい設定を決めていない。どっちから告白したのかとか、学校ではどんな距離感で接するかとか、付き合った日は昨日ということでいいのだろうか。

色々と考えていると、支度の時間がいつも以上にかかってしまった。まずい。これでは本当に遅刻してしまう。

私は慌てて準備を終えて、学校へ向かった。

昇降口を通過して二年のロッカーがある方へ向かうと、女子たちが数名かたまってなにかを話しているのが見えた。彼女たちは、ロッカーの近くの男子ふたりに釘づけだった。

シルバーアッシュの髪の男子と、ゆるいウェーブがかかった金髪の男子。秋本くんと、綺莉の彼氏の春日井だ。ふたりとも二学期から髪色を変えたので、並んでいるとよく目立つ。

……太陽みたいに眩しくて、目を細めてしまう。

春日井は人懐っこそうな犬系イケメンという感じで、秋本くんは警戒心が強そうな猫系イケメンって感じだ。

秋本くんと私が一緒にいるところを見られたら、処刑でもされるんじゃないかと怖くなる。

春日井と綺莉が付き合ったときも、文句を言っていた女子たちがいた。

私たちの学年でダントツ人気の男子ふたりのうち、フリーは秋本くんだけ。だからこそ、みんなこぞって彼を狙うのかもしれない。遊びでいいと言いつつ、彼女の座を掴み取ろうとしている女子たちがほとんどだ。

そんなことを考えながら眺めていると、秋本くんと目が合ってしまった。

……ここで声をかけられたら、絶対注目を浴びる。

私はすぐに靴を上履きに履き替えて、逃げるようにその場を去った。


「今日の亜未ちゃんは上の空だね？」

昼休みにいつもどおり教室でご飯を食べていると、綺梨が不思議そうに首を傾げた。

契約があるから本当のことは言えない。だけど友達の綺莉たちには、秋本くんと付き合ったことは私から話した方がいい気がする。

噂で聞いて、どうして話してくれなかったのかと思われたくない。

「亜未ちゃん？」

「え、あ……ううん、なんでもないよ～」

にっこりと笑うと、綺梨の隣にいるひよりがなにかを探るように私の顔をまじまじと見てくる。鈍い綺梨と違って、ひよりは変なところで鋭いから気が抜けない。

「男だね」

うっ!とメロンパンが詰まって、咳き込む。

私ってそんなにわかりやすい?

「亜未ちゃん、好きな人できたの?」

「うーん、まぁ」

好きとはちょっと違うので綺莉のピュアな質問に対して返答に困っていると、ひよりに「彼氏できたでしょ」と指摘される。

さすが……と言いたくなるのを耐えて、おめでたい雰囲気を纏(まと)いながらピースをしてみる。

「実は~できちゃいました~」

ここで淡々と話しても、本当に好きで付き合ったのかと疑われそうなので、できるだけ幸せそうに笑ってみせた。

「ええ! 誰と付き合ったの亜未ちゃん!」

「えっと……」

周りの目を気にしつつ、私は声を潜めて「秋本くん」と口にした。

ひよりは相当驚いたのか口をぽかんと開けている。

「……マジ？　え、一度きりとかじゃなく？」

「うん、付き合うことになったんだ」

「すごい人と付き合ったね。亜未も秋本に沼ったのかぁ」

　ははは と乾いた笑いになってしまう。

　彼にハマったら抜け出せなくなりそうなのはわかるけれど、好き同士でもない私たちの関係は表向き付き合っていても、実際はただの同級生でしかない。

「おめでとう、亜未ちゃん」

　綺莉から祝福をされて、ちょっとだけ胸が痛む。

　だけど本当のことは知られないように、私は両手で顔を隠しながら「改めて言われると恥ずかしい」と言って誤魔化す。

「……てか、大丈夫なの？　秋本狙ってる女子に知られたら大変なことにならない？」

　ひよりの質問に、私は頭の隅に無理に追いやった悩み事が引っ張り出される。

「だよね。知られたらヤバそう」

　顔を覆っていた手を離した。どんな反応をされるのか想像して、先が思いやられる。

「でも最初は騒がれるだろうけど、だんだん落ち着くんじゃないかな」

すでに春日井との付き合いで、女子からの標的にされた経験がある綺莉は私を励ますように言葉をかけてくれる。

「そうだね。最初さえ乗り切れば……なんとかなるよね」

自分に言い聞かせるように決意を口にしたものの、心の中ではまだぐらぐらと揺れていた。今更だけど、秋本くんにお願いして付き合うことを取り消してもらえないだろうかとまで考えてしまっていた。

だけど、その考えは甘かったと思い知らされることになった。


「えーっと、秋本くん？」

放課後の音楽室に呼び出されたかと思えば、私は秋本くんに窓際まで追いやられた。

「俺ら、昨日から付き合ってるよな？」

「え、あのシャツ乱れてるけど、大丈夫？」

「……こないだの先輩から逃げてきたんだよ」

ない。

　たぶん入間先輩のことだ。私に邪魔をされたから、余計に火がついたのかもしれ
「うわ……大変だね」

「役割、忘れたのか？」

「ちょ、近いって。女子苦手なんでしょ」

　触れてはいないものの、すぐ目の前に彼が立っている。

　私の後ろには壁があり、逃げ場がない。もしもここに誰かが入ってきたら、間違いなくいちゃついていると思われそうだ。

「なんで朝の待ち合わせやめるって言うんだよ」

　秋本くんは顔を顰めていても、絵になる。一瞬たりともその顔面のよさが崩れない。

「俺の彼女になる気あんの？」

「だって、秋本くん目立つし……まだ彼女役をやる心の準備ができなくて。それに関わりのなかった私たちが突然付き合いだしたら、変に思われるかも」

「そんなの勝手に言わせとけ」

「けど、秋本くんについてとか、馴れ初めを聞かれても答えられないし、もう少し

お互いのことを知った方がいいと思わない？」

とりあえず打ち合わせをしようと提案すると、秋木くんは少し考え込むように目を伏せる。

ま、まつ毛長……。

じっと見つめていると、秋本くんの視線を上げた。

「俺がずっと片想いしてた」

「へ？」

「馴れ初めを聞かれたら、そう答えて」

秋本くんが私に片想いしていたと口にするのは、いくら嘘だとしてもハードルが高すぎる。私と秋本くんが付き合うだけでも、反発がありそうなのに。

「私から告白したってことの方がいいのでは……」

「なんで。告白したのは俺だろ」

あれは告白に入らないよと言いたくなる。でも秋本くんの中では一応告白みたいだ。

「あと放課後、予定がない日は一緒に過ごすしかないな」

「え、なんでそうなるの」

「お互いを知る必要があるんだろ？」

自分で口にしたことを後悔しつつ、私はなにも返せない。だけど、彼と放課後を一緒に過ごすっていまいち想像がつかなかった。

ふとあることを思い出す。

「秋本くんって片想いしている相手がいるんでしょ？」

私の発言に秋本くんは険しい顔になっていく。

「なんだよ、それ」

「大学生の本命がいるって聞いたけど……」

「いないけど」

秋本くんが大学生くらいの人とデートをしているのを、何人か目撃しているそうだ。そしてその中のひとりにひよりがいた。だからこれは嘘ではないはず。

「モデルみたいにスタイルがいい人と腕組んで歩いてたんじゃないの？」

「腕組んで……って、多分それ俺の姉だと思うけど。思い当たるのそれくらいしかない」

そんなのまで見られているのかと秋本くんはため息を吐く。

つまり本命の件は勘違いで、遊びの関係も嘘。秋本くんの噂は全てデマだった。

「やっぱ噂を全部消すためには堂々と柊木といちゃつくしかねぇってことか」

「いちゃつく⁉」

いくらカモフラージュとはいえ、学校でいきなりそれをするのは抵抗がある。

「待って、それはまだ私には早いってば！」

「いつまで待てばいいわけ。明日？　明後日？」

「う……っ」

付き合いを隠していたら契約の意味がない。いずれは多くの女子を敵に回すことになるけれど、どうしても覚悟が決まらない。

「秋本くんと付き合うってことは、常に背後に気をつけながら、あらゆる物の配置が変わっていないか注意を払いつつ、力や圧に屈しない精神を持たないといけないから」

「……なにと戦ってんの？」

秋本くんが若干呆れているように見える。私は彼の彼女の座がどれほど危険なのかを一から説明しないといけないようだった。

「背後から突き飛ばされる危険だってあるし、物をとられたりグチャグチャにされたり、呼び出されて別れろって糾弾される可能性だってあるでしょ」

「そんなことするやつ本当にいるか？」

秋本くんは違うクラスだったから知らないのかもしれないけれど、中学のときに人気の先輩と付き合った子は足を引っ掛けられたり、教科書をベランダに捨てられていたことがあった。それに春日井と付き合った綺莉だって、暴言を吐かれていた。

「嫉妬でなにされるかわからないってこと」

「じゃあ、なにかされそうになったら俺に連絡して」

危険になったら電話をワンコールで切るでもいいからアクションを起こせばいいと言われて、私は戸惑いながらも頷く。

少し心強いけれど、実際呼び出しをされたら、連絡する余裕があるかわからない。私自身もひと気がない場所に連れていかれないように気をつけないと。

「お望みならＧＰＳでもつけるか？」

それは嫌だと、私はぶんぶんと首を横に振る。秋本くんだってそんなの嫌なはずなのに、なぜか楽しげに口角が上がっていた。

「今はカップル専用アプリでお互いの居場所共有ができるらしいから」

「だ、大丈夫！　秋本くんなら私のこと見つけてくれるはずだから」

口を引き攣らせながら言うと、秋本くんは満足そうに頷く。

「じゃああとは、俺らがお互いを知っていくことだけだな」

私が知っている秋本くんのことは、勉強も運動も卒なくできるということ。それに中学の頃は、女子と普通に接していたはず。

「秋本くんって……」

なにが原因で女子が苦手になったの？と聞こうとして、私は口を閉ざした。彼女役でしかない私がそこまで踏み込むべきじゃない。

「なに？」

「あ、えっと……女子のこと苦手でも、今くらい近い距離って大丈夫なの？」

「できれば女子に近づきたくはない。……でも柊木は平気」

「積極的にアプローチしてくる人だと嫌ってこと？」

私が秋本くんに無理に触れてこないという確信があるから、なんともないのかもしれない。

「クラスの女子からプリントのことで話しられたとき、今の柊木くらいの近さだったけど、それも抵抗があった」

それならどうして私は大丈夫なんだろう。ひょっとして、その子も秋本くんに好意があって、それを無意識に感じ取って抵抗が生まれた可能性もある。

「試していい？」

「え？」

「柊木に触れても、平気かどうか」

突然の提案に私は戸惑う。

触れるって、手を繋いでみるとかそういうこと？

秋本くんと契約の付き合いといっても、これから人前で手を繋ぐこともあるかもしれない。

「……うん」

私の返答に秋本くんが僅(わず)かに目を見開いた。もしかして冗談だったのかも。

「あのさ、とりあえず今日は向こうに座って喋(しゃべ)らない？」

なんだか急に落ち着かない気持ちになって、音楽室の椅子の方を見やる。けれど、それを阻止するように秋本くんが「柊木」と私を呼ぶ。

「いいから、触って」

「……っ！」

秋本くんの方から触れるように要求されて、息をのんだ。

じっと見つめられたまま、私はおそるおそる手を伸ばす。

指先が秋本くんの頬に触れる。ぴくりと秋本くんが動いたけれど、顔色は悪くなさそうだった。

「……大丈夫？」

「平気っぽい」

嫌悪感を抱かれなくてホッとする。

「秋本くんって肌綺麗だね」

輪郭をなぞるように指を動かしていく。スベスベしているし、肌荒れも一切ない。

こんなにツヤツヤで羨ましい。それに白くて、透明感がある。

ひんやりとしていた頬が、だんだんと熱くなっていく気がして、確認するように手のひらを頬に重ねる。

「……っ」

私の手から逃れるように一歩後ろに下がると、秋本くんは俯いてしまった。

「ごめん、触りすぎちゃった？」

「いや……びっくりしただけ」

「気分は？　大丈夫？」

顔を上げた秋本くんの目は少し熱っぽく見えて、醸し出される色気にドキッとしてしまう。

「柊木が変な触り方するから」

「え、私が？　気持ち悪い触り方した？」

「そうじゃない」

私の触れ方が悪かったのか、秋本くんは不満そうにしている。けれど、あまり怒っているように見えない。むしろ——。

「照れてる？」

「は？」

まずい。怒らせたかもしれない。

秋本くんはわざとらしいくらいの甘ったるい笑みを向けてきた。

「……じゃあ、今度は俺の番な」

「え？」

「柊木に触れられても大丈夫だったけど、俺から柊木に触れても大丈夫かはわからないだろ」

自分から秋本くんにベタベタ触ってしまったのもあるので、なんだか申し訳なくて「少しだけなら」とぎこちなく頷く。

秋本くんの手が、私の頬を包み込むように触れてくる。

思ったよりも指は骨っぽくて、温かい。私じゃない人の体温が頬から流れ込んできて、妙に緊張する。

……これは検証。だけど目の前には眩しいほどの綺麗な顔をしている彼がいて、見惚れてしまいそうになる。

これ以上、深く考えないようにぎゅっと目を閉じた。すると、ぐにっと頬を指先で摘まれて、驚いて目を開く。

「なに目閉じてんの」

ふっと笑われて、意識しすぎてしまった自分が恥ずかしくなってくる。

「そ、それより触れても大丈夫なの？」

秋本くんは自分の手のひらを眺めてから、再び視線を上げた。

「大丈夫」

「……そっか」

「柊木は特別なのかもしれない」

「へ？」

思わず気の抜けた声をあげてしまう。

「からかうのやめてよ」

私が触れられて恥ずかしがっているのを見たから、おもしろがっているに違いない。だけど、特別だなんて初めて言われた。

「嘘じゃないって」

予想外なほど、優しい声音だった。

本気で言っているのだとしたら、秋本くんへ恋愛的な好意がないから特別という意味なのかもしれない。

秋本くんが私から一歩離れる。頬が熱を持っているように感じるのは、摘まれたせいか、それとも秋本くんの高い体温のせいだろうか。

赤くなっていると思われたくない。早くこの熱が冷めてほしい。

……深い意味はないんだろうけど、特別って言ってもらえるのって、こんな嬉しいものだったんだ。

ブレザーのポケットに入れていたスマホが振動する。

取り出して画面を確認すると、メッセージが一通届いていた。

【今度いつ会える?】

知くんからの誘いだった。

……どうしよう。

そう考えた時点で、私の意志は弱くて、知くんと距離を置く決意をしきれていない。

スマホの画面を見たまま固まっている私に、秋本くんは静かに問いかけてくる。

「あの人?」

「……うん」

「柊木があの人との関係をどうしても切れないなら止めない。けど、本音としては俺といるときは、他の男のことを忘れてほしい」

恋愛関係じゃないのに、勘違いしそうなほど優しく、どこか切なげだった。

「柊木は岩田先輩とどうなりたい？」

私は知くんと、どんな関係を望んでいるんだろう。

「……昔はね、知くんの彼女になりたいって思ってた。でも中学のときにお姉ちゃんと付き合い始めて、私じゃダメなんだってわかってから、幼馴染でいいからそばにいたかった」

だけど、ただの幼馴染とは言い難い関係になってしまった。

彼女のような扱いをされることもあれば、妹のようにかわいがられることもある。時には元カノであるお姉ちゃんや、友達の約束を優先されて、ドタキャンされることだってあった。

都合のいい存在で、全て知くんの機嫌によって私への扱いは変わる。

前はそれでもよかった。幼い頃、泣いていた私を励ましてくれたり、友達との喧嘩で悩んでいた私の話を聞いてくれた知くんは、少女漫画のヒーローみたいな存在だったんだ。

「けど、今は私と知くんの関係に未来はないって思う。だって、大人になっても一緒にいる姿が想像つかないんだ」

少しの時間でもふたりでいられることが幸せだという純粋な恋心ではなく、捨てられることが怖いという感情の方が強くなっている。それと同時に、いつこの関係は終わるのだろうと考えてしまう。

「自分を幸せにしてあげられる選択をしたら」

「私を幸せに……」

そう思ったとき、間違いなく知くんの隣じゃないなと考えてしまうことに苦笑する。

秋本くんの言葉が私の心に響いて、ちょっと泣きそうになった。

「柊木がしたいようにすればいいと思う。俺はそれを応援する」

あくまで私を尊重してくれて、その上で優しいアドバイスをくれる。

契約関係で、お互いのことをよく知らないはずなのに"ずっと一緒にいた知くんよりも、私のことを思ってくれている気がした。

「……秋本くんの言うとおりだね。私、自分を幸せにできる選択をする」

ここで返事をしてしまったら、私はこれからも知くんを引きずってしまう。

お姉ちゃんの代わりとして、知くんの寂しさを埋める役割をするだけ。それは私にとって幸せとは言えない。

スマホをブレザーのポケットの中にしまった。

「返さなくていいの？」

「うん。私は今、秋本くんと付き合ってるから」

自分に言い聞かせるように私は強い口調で言う。契約を持ちかけてきたのは秋本くんだけど、これは私が決めたこと。中途半端な関係を断ち切らなくちゃ。

「柊木、俺と付き合ったこと後悔してない？」

なんとなく彼に嘘をつきたくなくて、素直に気持ちを吐露する。

「最初はちょっと後悔したよ」

「……したのかよ」

「だって、秋本くんの彼女役なんて、色々な人に恨まれそうだし。でも、今はしてない」

この契約がなければ、きっと私はひとりで悩んで、知くんとの関係を続けていたに違いない。私にとっては連絡を返さないだけでも、大きな一歩だった。

「秋本くんは？　私が相手で後悔してない？」

「後悔なんて一度もしてない」

はっきりと言い切った秋本くんは、柔らかく微笑んだ。彼から目を逸らせない。

こんな表情をして笑うなんて知らなかった。

高校になってからの秋本くんは、どこか気だるげで冷めた目をしていた。

それに遊び人だという噂話ばかりが出回って、急に大人びて色気が増して、変わってしまったなと思っていた。だけど、表面上の彼しか私は見ていなかったのかもしれない。

「覚悟決まった」

今日は付き合っていることが女子たちに知られることに怯んでしまったけれど、

私たちはお互いの目的のために付き合っている。知くんへの返事を秋本くんの言葉のおかげで返さない選択ができた。だから、私も役割を果たさなくちゃ。

「改めて、これからよろしくね」

私は秋本くんに手を差し出す。秋本くんは躊躇いなく、その手を握ってきた。

それから少し話をしたあと、私たちはふたりで下校することになった。

「ねえ、秋本くんって電車乗れるの？」

「俺がどうやって学校まできてると思ってんだよ」

いきなりなにを言っているんだとでも言いたげな眼差しを向けられる。

「だって、電車だと女性との距離が近い場合もあるでしょ」

「ああ……できるだけ満員電車には乗らないようにしてる。あと人が少ない車両を選んでるし、今のところそれくらいなら平気。近い距離は苦手ではあるけど、拒絶するほど無理なわけじゃないから」

意図的に触れられるのは嫌みたいだけど、電車などは耐え切れるみたいだ。

駅のホームに着くと、幸いにも電車は空いていて座ることができた。

今まで私は気にすることなく、ホームにきた電車に乗っていたけれど、それが当たり前じゃない人もいる。女性専用車両はあるけれど、男性専用車両はないし、秋本くんは私が思っている以上に、生きづらい環境の中で過ごしているのかもしれない。

私のバイト先のコンビニあたりで別れると、ひとりになった途端、音楽室での出来事が走馬灯のように頭の中に流れ込んでくる。

もしかして私、結構やらかしたかもしれない。

秋本くんにベタベタと触ってしまったし、触られて意識しすぎて笑われたり……。

私たちはあくまで契約交際なんだから、ある程度の距離は保たないと。

それに秋本くんって発言が女たらしだ。色気たっぷりな煌びやかな外見はもちろんだけど、さらりと甘さを感じる発言をする。

女子が苦手じゃなかったら、今以上にモテモテだったんじゃないだろうか。

そしたらきっと、私たちは関わることすらなかったはず。

夕日に染まった道を歩いていると、前方に男の人の姿が見えた。

焦げ茶色の髪に、キャラメル色のニットと黒のスキニー。その姿に見覚えがある。

……知くんだ。

連絡を返していないこともあって気まずい。それに今は会わない方がいい気がする。時間を潰してから帰ろうと思ったときだった。

「亜未！」

私を呼んだ声に振り返ると、後ろにはお姉ちゃんがいた。

「今帰り？」

「……うん」

このタイミングで会ってしまうなんて。お姉ちゃんに捕まってしまい、引き返すことはできなくなった。間違いなく、お姉ちゃんなら気づいてしまうはずだ。

「今日はバイトないんだ？」

「休みだよ」

「へー、そっか。ねえ、あそこにいるの知じゃない？」

お姉ちゃんがよく通る声で「知〜！」と呼ぶと、知くんが振り返った。

お姉ちゃんは元彼の知くんのことを、あまり気にしていないように思える。もう過ぎたことだと思っているんだろう。知くんがずっと引きずっていることなんて、気づいていない。

お姉ちゃんを見て、知くんは目尻を下げて八重歯を見せて笑う。あれは知くんが本当に嬉しいときの表情だ。

「ふたりが一緒なの珍しいな」

「今そこで会ったんだ〜」

楽しげに会話をしているふたりの半歩後ろを歩きながら、私は空気のように息を殺していた。幼馴染で同級生だからかもしれないけれど、このふたりの間には私が入れない空気がある。

「知、大学でモテてるんだって？」

「なにそれ、誰から聞いたの」

「情報が勝手に流れてくるんだもん。で、彼女できた？」

「できないって。別にモテてもないし」

よりを戻せばいいのに。知くんがお姉ちゃんに、今もまだ好きだと言えば、お姉ちゃんもまた意識するかもしれない。ふたりが別れたのは、些細なすれ違いからだったみたいだし、お姉ちゃんにとって知くんが大事な存在なのは見ていてわかる。

「亜未は？　彼氏できた？」

「え……」

「いないなら、知はどう？」

　冗談だとわかっていても、無神経なお姉ちゃんの言葉に苛ついてしまう。自分の元彼を妹にすすめてこないでよ。

「だって、小さい頃、知のこと好きだったじゃん？」

「……そんな話、お姉ちゃんにしたことあった？」

「んー、幼稚園くらいに言ってたよ」

　幼稚園のときだけじゃないよ。ずっと知くんのことを好きだった。だけど、そんなこと言えない。

「私、彼氏いるよ」

「ええ！　そうなの？」

　お姉ちゃんが大きな声を上げる。知くんは、口を閉ざしたまま目を見開いていた。

「どんな人？　今度うちに連れてきてよ！」

「同じ高校の人。家に連れてくるのは嫌」

「えー、いいじゃん。見てみたいのに」

「お姉ちゃんからかいそうだし」

　秋本くんとお姉ちゃんを会わせたくない。良くも悪くも人との距離が近いお姉ちゃんに、秋本くんを困らせそうだし、私たちはお互いの家に連れていく関係でもない。

「実は私もね、最近彼氏できたんだよね」

「友達の紹介だっけ?」

「そうそう。ふたつ年上なんだ」

……そういうことだったんだ。知くんが最近頻繁に連絡をしてきて、寂しそうだったのはお姉ちゃんに新しい彼氏ができたからだ。

知くんは顔色ひとつ変えず、普通に話している。けれど、内心しんどいんだろうな。お姉ちゃんに彼氏や好きな人ができるたびに、裏で知くんは辛そうにしていたのを私は隣で見てきた。

心配になるのと同時に、やっぱり私って辛さや寂しさを紛らわせるための存在でしかないんだなと実感した。

この日はなんだか寝つけなくて、私は電気を消したまま窓から外を眺めていた。

私の部屋の窓からは、ちょうど家の門の辺りが見える。小学生の頃はここから中学の制服を着たお姉ちゃんと知くんが一緒に歩いているのを見て、羨ましかった。

私も同級生だったらよかったのにって。だけど時間が経ったからなのか、今はもう胸は痛まない。そんなこともあったなって思うくらいだ。

スマホを手に取って、知くんから先ほどきていたメッセージを読み返す。

【いつ彼氏できたの？】

今日連絡を返さなかった理由を知くんは察したみたいだ。

【最近だよ】

一言だけ返すと、すぐに返事が来た。

【同じ高校って言ってたけど、同級生？】

知くんに関心を持たれて嬉しいと感じるよりも、私が離れそうになったら焦るように連絡をしてくることに、複雑な気持ちになる。いつもそうだ。私に彼氏ができたと話すと、こうして連絡がくる。

お姉ちゃんの代わりになる私がいなくなったら困るから、こんなふうに連絡をしてくるんだろうな。しかもお姉ちゃんにも彼氏ができたタイミングだから、余計に今知くんは不安定なのかもしれない。

【そうだよ】とだけ送って、私はベッドに寝転ぶ。

幼い頃、私はお姉ちゃんのオマケみたいな存在だった。

親からも「お姉ちゃんはできてたよ」とか「お姉ちゃんのときは、こうだったのに」と比べられて、悪気がないのはわかっていたけれど、そのたびにしんどかった。

片想いをしていた知くんがお姉ちゃんと付き合い出したときは、ああやっぱり私じゃダメなんだって、消えたいくらい辛かった。

それなのに、今はその知くんから離れようとしているなんて、不思議な気分だ。

スマホの振動が伝わってくる。またなにか通知がきたみたいだ。

知くんかなと緩慢な動作でスマホに触れると、送り主は秋本くんだった。

【明日の放課後は空いてる?】

そういえば、予定がないときは一緒に過ごそうって言われていたんだっけ。

【ごめん、バイト】

【明後日は?】

【空いてるよ】

こんなふうに次の約束のメッセージを送ってくるなんて、秋本くんって案外マメなのかな。

【じゃあ、一緒に過ごそう】

【わかった】

【もう寝る？】

眠るのがもったいなく感じる。電話だったら、もっと色々なことを話せるのかな。

指先が電話マークに伸びて、衝動的にタップしてしまう。

我に返って、すぐに通話マークを切った。

知くんに都合よく扱われて嫌だったのに、私も秋本くんを都合よく扱っている。

……最低だ。お互い目的のために付き合っているだけなんだから、冷静にならないと。すると、秋本くんから着信がきた。

私がかけてしまったので、折り返してくれたみたいだ。軽率にかけてしまったことを謝らなくちゃ。

『……悪い、さっき出られなかった』

電話だと秋本くんの声が掠れて低く感じる。

「ううん。私の方こそ、突然電話しちゃってごめん」

『平気。眠れなかったし』

秋本くんは用件を聞いてこなかった。

私がなんとなく電話してしまったのを察しているのか、切り出すまで待とうとしてくれているのかはわからない。だけど理由を聞かれなかったことにほっとした。

『柊木ってバイトどのくらい入ってんの』

「そのときによるよ。多いときは週に四日のときもあるし、少ないときは週一かな。

秋本くんはバイトしてる？」

『してる。飲食店』

秋本くんが飲食店の店員をしたら話題になっていそう。だけど、今まで一度も秋本くんのバイトの噂を聞いたことがないので、学校の人たちにバレていないみたいだ。

『一応カフェって感じの店』

「なに、一応って」

ふっと笑ってしまう。どんなカフェなのか想像がつかない。

『……バイトの話、一緒にいるときにすればよかった』

「なんで？」

よくわからないけど、「ふうん」と返しておく。特別盛り上がる会話をしている
わけじゃないのに、どうして彼との通話は居心地がいいんだろう。間があっても気
まずさがない。

「でも、カフェでバイトって大丈夫なの？　女性のお客さんもいるでしょ？」

『キッチンだから平気。接客は一切しないし』

お喋りをしていると、時間がどんどん過ぎていく。

もう少しだけ時間がゆっくり過ぎたらいいのに。

それから私たちは日付が変わった一時間後に電話を切った。

いつもよりも遅い時間に眠ったのに、この日はぐっすりと眠れた。

三章　もっとデートらしいことする？

二日後、秋本くんと約束をした放課後がやってきた。

いつもは音楽室だったけれど、今日は放課後に他の生徒たちがいなかったため、教室で過ごすことになった。

お互いのことをもう少し知るためという理由のはずだけれど、なぜか今、目の前に座っている秋本くんに手を差し出されている。

「柊木、手」

まるでそれは、飼い犬に「お手」を求めるようだった。

この間秋本くんに触れてから、彼の言動が時折変だ。

「私、秋本くんの飼い犬だっけ」

「なんの話だよ。いいから、手」

渋々手を伸ばして、秋本くんの手の上にのせる。

今日は教室で過ごしているので、他の生徒に見られる可能性もある。すぐに終わらせようと、手を引こうとしたらぎゅっと握られた。

「今日も異常ないな」

納得したように秋本くんが頷く。

「これ、健康診断かなにか……？」

「今日も柊木に触れてもなんともないか調べてるだけ」

そんなことを言いながら、握りしめた手を離してくれない。

「じゃあ、次は柊木の番」

「……私もするの？　今触れても大丈夫だったじゃん」

「自分から触れるのと触れられるのは違うだろ」

前回だって大丈夫だったんだから、私から触れる必要なんてないのでは……。でも秋本くんは引く気がなさそうだった。それなら、私にも考えがある。

「秋本くん、お手」

にこっと微笑んで、仕返しをするように手のひらを見せる。怪訝そうな顔をした秋本くんは、警戒するようにそっと手を伸ばしてきた。

秋本くんの手がのせられた瞬間、手を掴まれてぐいっと引き寄せられる。そしてそのまま膝の上にのせられた。

「ちょ……！　これじゃあ、意味ないじゃん！」

横を向けばすぐ近くに秋本くんの顔がある。

「やっぱ柊木には触れても、触れられても大丈夫みたいだ」

「……本当に女子苦手なんだよね？」

「そうだけど」

嘘をついているようには見えない。きっと精神的なストレスで女性への苦手意識が強いんだと思うけど、私だけ例外なのはどうしてだろう。

ふと、ある考えに辿り着いた。

「秋本くん、私のこと犬だと思ってない？」

「どこをどう見たら犬なんだよ」

じとっとした目で呆れたように秋本くんが息を吐く。

「いやその……異性として見てないのかなって」

「見てるけど」

本当に？と疑わしくなる。だって、そうじゃないと私だけ平気だなんておかしな話だ。

「どっからどう見ても、柊木は女子じゃん」

冗談まじりではなく真面目に言われると、くすぐったい気持ちになる。

「でもタイプじゃないから異性として意識してないとか、そういう可能性だってあるでしょ」

「タイプとか考えたことない」

「今まで好きになったのは、こういう子だったなぁとかはないの？」

秋本くんが今まで恋をしたのがどんな子なのか、ちょっと興味がある。中学の頃の彼女ってどんな子だったっけ。

「わかんない。誰かを好きになったこともないし」

「……え、でも中学のとき彼女いたよね？」

「どうしても付き合ってほしいって泣かれて、それで付き合ったことはあるけど。一ヶ月くらいで、冷たいって言われて別れた」

思い出した。そのとき少し話題になっていた。秋本くんが、教室でこっぴどく振られたって。そういう理由だったんだ。

「で、柊木のタイプは？」

「私？　ええ……別に特には」

「俺に聞いたくせに自分はないのかよ」

前に綺莉にも聞かれたけれど、ずっと知くんのことが好きだったから好きなタイプとか考えたことがない。

頑張って頭を捻りながら、タイプを考えてみる。

「うーん、私を大事にしてくれる人かな？」

「それ、タイプなのか？」

「あとは……一緒にいて居心地がよくて、顔色とか気にせず楽しく話せて、お互いの好きを共有できたら嬉しいかも？」

自分で言っていて、少し秋本くんと重なるように思えてくる。違う違う、断じて秋本くんのことではない。

「結構多いな」

「ピッタリあう人じゃないと嫌なわけではなくて……ただ、こういう人っていいなーって」

言葉にしてみたら案外でてきて、自分でも戸惑う。理想が高いと引かれるんじゃないかと思ったけれど、秋本くんは真面目に聞いてくれている。

私の言っている理想は漫画やドラマで好きになるタイプでしかない。実際理想のタイプと知くんは違っている。恋愛経験が豊富なわけじゃないけれど、現実は理想どおりにはならないことくらいわかっている。

「好きって、どんな感じ？」

「えっと、ふとしたときにその人のこと考えたりとか？」

「俺、柊木のことよく考えてるけど」

からかわれているのか、それとも本気で言っているのかわからなくて、反応に困った。

「契約で付き合ってるからじゃない？」

「あー……そうなのか」

そうなのかって言われても、私には秋本くんの気持ちを分析不可能だ。見た目はこんなにも色気があるのに、恋愛に関しては幼い子どもみたい。

秋本くんもいつか、本気で誰かを好きになるのかな。彼がどんなふうになるのか気になるけれど、その日がきたら私はこの契約を終わらせないといけない。

「そろそろ降りていい？」

先ほどから秋本くんの膝の上にのせられていて、誰かに見られたらと思うと気が気じゃない。それにもう今日の検証は済んだはずだ。

「だめ。大人しく座ってて」

「え、なんで」

「飼い犬なんだろ」

「ちが……っ！　誰かに見られたらどうするの。降ろして！」

「いいだろ。別に見られたって。付き合ってんだから」

降りようとしても、左腕を背中に回されていて身動きが取れない。それに秋本くんの口角は上がっていて、面白がっている。

「それなら、試してみる？」

秋本くんに振り回されている気がして悔しい。だから、ちょっとくらいやり返したい。

「女子にどこまで触れられても大丈夫か」

いくら他の女子よりも私との距離が近くても平気とはいえ、先ほど私のことを女子として見ていると言っていた。だからもう少し、踏み込んでみる。

両手を秋本くんの顔に伸ばして、そのまま頬に添えると、勢いよくグニッと潰す。

「……おい」

「ふっ……頬潰れた秋本くんって貴重だね」

こんな顔を見る機会なかなかない。頬が潰れていても、筋の通った鼻や、くっきりとした二重の目が綺麗だった。

「なんで私に触れられるのは平気なんだろう」

「柊木には嫌悪感がないからだと思う」

中学が同じで、長い間片想いをしていることも知っているし、秋本くんのことを狙っていないってわかっているからだろうか。

「あのさ、女子が苦手になったきっかけとかってあるの？」

以前聞くか迷ってやめたけれど、やっぱり少し気になってしまう。

「……心当たりはある」

頬を潰す手の力を緩めると、秋本くんが目を伏せる。

「そっか。内容は話さなくてもいいから、これだけはしてほしくないってことがあれば言ってね。気をつけるから」

秋本くんにとってのトラウマを私が無意識に刺激しないかが怖いから、せめてされたくないことだけでも知っておきたい。

「柊木が聞いてもいいなら、なにがあったか話しておく」

「……いいの？」

「うん。別に秘密にする話でもないし」

秋本くんの頬から手を離すと、私は立ち上がろうとした。けれど、秋本くんは私の背中に腕を回したまま、いまだに離す気配がない。

「最初のきっかけは、中二の春に母親の浮気を目撃したこと」

耳を疑うような内容に、私は目を見開く。秋本くんの表情は抜け落ちて、まるで書いてある文章を読み上げるように、淡々とした口調で話し始めた。

「初めて母親のこと、気持ち悪いって思った。家では笑顔で接してくるのに、騙された気分で、俺の知っている姿はほんの一部だったんだって」

お母さんの裏切りを、他人事のように話しているけれど、できるだけ感情を表に出さないように平静を装っているのかもしれない。

「それから少ししてさっき話した元カノに告白されて、一度は断ったけど、お試しでいいからって言われて付き合ったんだ。今思えば、ＯＫを出した俺も悪かった」

確か秋本くんが元カノと付き合ったのは、中二の二学期のはずだ。

もしかしたら、お母さんの件があって心に空いた穴を埋めるように、秋本くんは付き合いを承諾したのかもしれない。

「けど……べたべた触れてきたり、キスしてこようとしたり、次第に要求がエスカレートしていったんだ。それが気味悪く感じてた」

彼が同情をしてほしくて話しているわけじゃないのはわかっている。だけど、少しでも寄り添えたらと思って、そっと手を秋本くんの頭に伸ばす。

秋本くんは嫌がるそぶりもなく、私の手を受け入れた。

「話してくれてありがとう」

あの頃は、秋本くんってドライなんだなと思うくらいで、ふたりの間になにがあったのかほとんどの人が知らなかった。

「それにさ、元カノも一週間後くらいには新しい彼氏できてたし。俺の母親も子どもたちに気づかれてもお構いなしって感じで、次々新しい男作ってる。そういう部分を見て、女が苦手になったんだろうな」

「お父さんは知ってるの？」

「知ってたらしい。だけどずっと気づかないフリしてたんだって。離婚はしてないけど、今は母親が出ていって別居中。俺は父さんと一緒に住んでる」

私が思っていたよりも、秋本くんが負った傷は深そうだった。

なにかひとつではなく、お母さんのことや元カノのことがあって、秋本くんは女性に対しての嫌悪感が積み重なっていったみたいだ。

「柊木が先輩に片想いしてるの見たとき、羨ましかった」

「羨ましい？　片想いが？」

「……俺は誰かをそこまで想ったことが今までなかったから」

中学の頃に一番仲がよかった友人に打ち明けたとき、お姉ちゃんの元彼が好きでふたりで会っていることに引かれて裏で非難されたこともある。こんな恋は間違っているんだと、あの頃何度も思った。

だけど、秋本くんは歪な私の恋心を否定しないでくれている。

「それに柊木は俺のこと助けてくれたから」

「え？　助けた？　それってこのあいだの音楽室で？」

「もっと前の話だよ」

背中に回していた手が離れて、秋本くんが私を立ち上がらせる。

さっきまで、あんなに離そうとしなかったのに。

急にどうしたのかと顔を覗き込もうとすると、目の前を手のひらで塞がれる。顔を大きな手で軽く掴まれているような状況に戸惑う。

秋本くん、私に触れられるからって扱い雑すぎない？

「そろそろ帰るか」

はぐらかされた。秋本くんって時々なに考えているのか読めない。

鞄を肩にかけて教室を出ようとする秋本くんの後ろ姿を眺めながら、先ほどの言葉を思い返す。

……一途に想われているのが羨ましい、か。

秋本くんを一途に想っている人だっていると思う。たくさんの人から好意を寄せられやすいから、積極的に触れてくるような人たちが目立つだけ。

それに秋本くんは他人からの好意を恐れているのに、一途に想われたいという矛盾を抱えているように感じた。

「柊木、次はどっか行かない？」

「たまには学校以外で過ごしたい。……気が乗らなかったら断ってもいいから」

契約関係だとわかっているけれど、こうして遊びに誘ってもらえるのは嬉しい。

友達と言えるような仲ではないけれど、この付き合いが終わる頃には楽しかったっておお互いに思えたらいいな。

「っ、私もどっか行きたい！」

振り返った秋本くんは少し驚いた様子で、目を丸くしている。返事を勢いよくしすぎたかも。

「えっと、そういう時間を作った方がお互いのこと知ることもできるだろうし！」

本当は私の単なる好奇心でもある。

今までデートらしいことって一度もしたことがないのだ。

「他のやつらに見られるかもしれないけど、いい？」

「……いずれみんなには知られることになるし、覚悟は一応決めたから」

秋本くんは「楽しみにしてる」と言って、ほんの少しだけ柔らかく微笑んだ。

心臓がぎゅっとなって、なんだか妙な感覚だった。たぶん、私は秋本くんの笑顔に弱いのかもしれない。
あれからお互いのバイトが重なって、結局放課後に出かけるのは翌週になった。
そして、今日いよいよ初めてのデートの日を迎える。
お昼ご飯を食べ終わった後、私と綺莉とひよりは持ち寄ったお菓子を机に置いて
おやつタイムをするのが日課になっていた。
今日私が持ってきたのは、コンビニで最近売り出した新製品のチョコレート。ひ
とつずつ食べてみたけど、いちご味が一番美味しかった。
あ、そういえば秋本くんって甘いもの好きって言ってたし、こういうチョコレー
トも好きかな。
そうだ、今日の放課後に甘いものでも食べに行くか聞いてみよう。前に言ってい
た洋菓子店って秋本くんの家の近くなんだっけ。
教室の壁に掛かった時計を見やる。あとふたつ授業が終わったら、放課後がくる
んだ……ってなんでこんなこと考えているんだろう。
「最近さ、表情明るくなったよね」

「え？」

ひよりがにんまりとしながら、私が持っていたチョコレートの袋に手を伸ばす。

「もーらい」

「あ、それ私の好きな味なのに！　てか、明るくなった？　私が？」

ひよりの隣に座っている綺莉も、ニコニコとしながら頷く。

「亜未ちゃん、幸せオーラが出てるよ」

「ええ……そんなの出てないって」

ふたりに穴が開くほど見つめられて恥ずかしくなってくる。どうせ秋本くんと付き合い出したからだと、からかいたいんだろうな。

でも私たちの契約関係をふたりは知らないから。実際幸せオーラなんて全く出ていないはず。

「今日デートでしょ」

チョコレートの袋が手から滑り落ちて、机に中身が散らばってしまう。

「え、なにしてんの亜未！」

ひよりが慌ててチョコレートをかき集めて、綺莉がポケットから出したティッシュの上に、机に転がった茶色や緑、ピンクのチョコレートたちを並べていく。

「な、なんでわかるの……？」

私の質問に、顔を上げたひよりと綺莉がぽかんとする。そしてふたりは顔を見合わせながら、なぜか頷き合った。

「だって亜未、ずーっとそわそわしてたよね」

「それに頻繁に時間確認してるなぁって」

「そうそう。しかも顔緩んでたし」

「あ、あと髪型も今日いつもと少し違っていてかわいいよね」

「わかる。緩く巻いてふたつに結んでるし、デートだろうなーって思った」

次々と私の異変についての話題が出てくる。むず痒くなって「ストップ！」と会話を止める。

両手で顔を覆って、熱くなった頬を隠す。ふたりから見て私がそんなに浮かれていたのかと、この場から逃げ出したくなった。

昔から漫画の中に出てくるような、学校帰りの制服デートに憧れていたからかもしれない。恥ずかしい。こんなの秋本くんが知ったら、子どもみたいだって引かれるに違いない。

指の隙間からそっとふたりのことを見ると、綺莉は眩しいものでも見るかのように微笑んでいて、ひよりはチョコレートを食べながらにやけている。

「好きなんだねぇ」

「っ、ち……そ、そういうこと言うの禁止！」

思わずひよりに違うと言いかけたけれど、言えないのがもどかしい。秋本くんの隣は居心地がいいし、好きだけど。恋愛じゃない。

「亜未って意外と照れ屋なんだ」

「かわいいね」

「ふたりとも、からかうのも禁止だから！」

綺莉の背後に誰かが立ち、影が落ちる。視線を上げると、金髪の男子がいた。綺莉の彼氏の春日井だ。

「綺莉ちゃん、これ借りてた本」

「わざわざ持ってきてくれたの？　ありがとう」

深緑色のブックカバーがされた本を手渡されると、綺莉は花のようにふわりと顔を綻ばせる。こういうのが本当の幸せオーラなんだと思う。

春日井と綺莉のカップルを眺めながら、私はティッシュの上に並べられたチョコレートを口の中に運ぶ。

「そうだ、柊木さん」

春日井がちらりと私を見ると、片方の口角を上げた。

「秋のこと、よろしくね」

「っ、う」

チョコレートを一瞬丸呑みしそうになって咳き込む。

「亜未ちゃん、大丈夫⁉」

心配している綺莉に対して、ひよりが「亜未がこんなに照れてるの初めて見た」と呟いているのが聞こえてきた。

……違う。これは照れなんかじゃなくて、突然彼の話題を振られて動揺しただけ。

生理的な涙を浮かべながら、春日井に視線を戻す。

春日井は意味深に笑って「じゃ、俺戻るね」と言って教室から出ていった。

秋というのは、秋本くんのことだ。私にわざわざよろしくねと言ってきたってことは、付き合っているのを春日井に話したということになる。

私も綺莉とひよりに話しているし、言っちゃいけないわけじゃないけど……。こうして友達以外の人に秋本くんとの付き合いについて触れられると、言葉に表せない妙な気持ちになった。


放課後、人の波が引くと、私と秋本くんは校門の前で待ち合わせた。

このタイミングで周囲に広まって、女子たちに囲まれたら遊ぶ時間が削られるからと秋本くんは言っていたけれど、本当は私のことを気にしてくれたんだと思う。

女子たちの恨みを買うのが怖いと言ってしまったせいだ。

……気を遣わせちゃって申し訳ないな。これだと契約の意味がないのに。それに今日はやけに緊張する。ふたりで放課後に出かけるから？　それともひよりたちに浮かれていることを指摘されたからかも。

あれ、いつもはどんな会話してたっけ。

「……さっきから目合わないけど、なんかあった？」

隣を歩く秋本くんから指摘をされて、どきりとする。

「なにもないよ」

笑って誤魔化しておく。

秋本くんから見ても、私が浮かれているように見えているのかなとか、色々考えると照れくさくて、目を逸らしてしまう。

「俺、なにかした？」

「違うよ。そうじゃなくて……」

上手く説明ができない。契約の付き合いのくせにデートに浮かれているなんて、秋本くんが困るかもしれないし。

「そうだ。秋本くんが言ってた洋菓子店って、今日やってるかな？」

「営業してると思うけど」

「じゃあ、今日はそこに食べに行かない？」

私の提案に、秋本くんが「行く」と即答した。

「俺はモンブランが一番好きだけど、チーズケーキもうまい。あとはショートケーキ。季節ごとにでるケーキもうまいけど」

秋本くんはいつもよりも表情を緩ませて、楽しげに話し始めた。そのお店のケーキが本当にお気に入りなんだなぁと熱量が伝わってくる。

ふっと肩の力が抜けていく。変に意識しすぎていたみたい。せっかくのデートなんだから楽しまないと。


地元の駅に着くと、秋本くんに洋菓子店までの道案内をしてもらう。どうやら私が住んでいる地域から、五分ほど離れた場所にあるみたいだ。

「こっちに洋菓子店なんてあったんだ」

近所だけど駅や中学校とは逆方面なので、こちら側にくる機会は今までほとんどなかった。

「俺らが中三の頃にできた。家の近くだから、よく姉ちゃんが帰りに買ってきてて、それで俺もハマったんだ」

「私たちの家って案外近かったんだね」

ちょうど場所的に、ふたつの小学校が近くにある。私は東小学校になったけれど、たぶん秋本くんは第一小学校だったのだろう。

「柊木の家って二丁目の方？」

「うん。私たちの家がもう少し近かったら、同じ学校だったかもしれないよね」

「……俺は中三のとき引っ越したから。小学生の頃は、もう少し離れた場所に住んでた」

「そうだったんだ」

あまり触れてほしくなさそうに見えて、私はそれ以上の言葉は口に出せなかった。

ふわりと風が吹くと、私の胸元まで伸びた髪が靡く。最近染めた髪の色は結構気に入っている。ココアみたいな綺麗なブラウン。

「柊木の髪って、ココアみたいでいい色だよな」

心を見透かされたように、秋本くんが私の思っていたことと同じ発言をしたので、目を見開く。

「なに？」

「あ、ううん。……私もこの色、気に入ってるんだ」

「……ふーん」

このくすぐったい感じは、なんだろう。ひとり分ほど空いた距離で、近いとは言えないのに、いつもよりも距離が縮まっているような気がする。

商店街の中に入っていくと、秋本くんおすすめの洋菓子店に辿り着いた。ガラス張りのケースの中に売られているお花の形をしたケーキや、色とりどりのマカロン。どれも美味しそうで釘づけになる。

「決めた？」

「待って、迷う。秋本くんが言ってたモンブランも美味しそうだし……でもお花のチーズケーキも美味しそう」

生クリームたっぷりのふわふわモンブランというのも気になるけれど、チーズケーキも捨てがたい。お花の形をしたチョコレートケーキは、ラズベリーやいちごが飾られていて、見た目がかわいい。

「決めた！　モンブランの紅茶セットにする」

迷ったけれど、今回は秋本くんが一番おすすめしてくれたモンブランにすることにした。

「じゃあ、紅茶セットふたつで、ケーキはモンブランとチーズケーキで」

秋本くんが注文をすると、店員さんにお店の奥の方にあるテーブル席に案内される。

　向かい合わせに座ると、デート感が増して再び緊張してしまう。頬杖をついて、店内をぼんやりと見ている秋本くんの横顔は、見惚れるほど綺麗だ。私の視線に気づいた秋本くんが、ほんの少し目を細めて微笑みかけてくる。

「楽しみだな」

「う、うん」

　心臓がうるさい。お願いだから、これ以上顔の熱が上がりませんように。

　ケーキを待っているだけなのに、幸せだなと感じる。ひよりたちに指摘されたように、私は今日が楽しみだったんだ。

　たぶん普通のデートを今までしたことがなかったから。憧れていた経験ができて、嬉しいんだと思う。

「お待たせいたしました」

　店員さんがケーキと紅茶をテーブルに並べてくれる。キラキラとした金粉がのったモンブランと湯気を放つ紅茶に、私は頬が緩んだ。

「美味しそう！」

紅茶に、角砂糖ひとつとミルクを入れる。どうやら秋本くんも同じらしく、甘めのミルクティーにしていた。

「いただきます」

フォークでモンブランを一口切ると、中にはふんわりとした生クリームととろっとしたチョコレートソース。口の中に入れたら、あっというまに溶けていく。

「すごい！　溶けた！」

私の反応に秋本くんは嬉しそうに「すごいよな！」と目を輝かせる。

「こんなモンブラン初めて食べた！」

私の声が大きすぎたのか、店員さんに聞かれてしまったみたいだ。こちらを見て、微笑んでいる。

「ごめん、うるさくして」

はしゃいでしまって、恥ずかしい。だけど秋本くんは、からかってこなかった。

「俺も初めて食べたとき、似たような反応した」

「……そうなの？」

「うん。だから、柊木にも気に入ってもらえてよかった」

気を遣ってくれているのかもしれないけれど、そう言ってもらえて安心した。だけど、もう少し落ち着かなくちゃ。

緩んでいた表情を引きしめると、秋本くんは「やっぱなんかあった？」と再び聞いてくる。

「今日、ちょっといつもと違うよな」

「実はこういうデートって、初めてで楽しみだったの」

「……へえ」

反応が薄い気がして、打ち明けたことを後悔する。子どもみたいだって呆れられちゃうかな。

「ごめん、こんなこと言われても迷惑なだけだよね。でも、秋本くんとの付き合いの目的を忘れてるわけじゃないよ」

私たちには付き合っている理由があるんだから、本当の彼女のように接してしまわないように気をつけないと。

「俺は嬉しいけど。柊木にケーキ気に入ってもらえてよかった」

本物の彼女だと勘違いしていると思われずにすんで、胸を撫で下ろす。

「もっとデートらしいことする？」

秋本くんはフォークでチーズケーキを一口分切ると、私の方に差し出してくる。

「え、でも」

これって間接キスだし、それに食べさせてもらうってことだよね。……私たち本当の恋人じゃないのに。

「ほら、早く」

せっかく秋本くんなりに私のためにしてくれているのかもしれないのに、ここで断るのは気が引ける。

「……いただきます」

一度周囲を見回してから、秋本くんに差し出されたケーキをぱくっと食べた。

「っ！　美味しい～！」

「だろ？　ここの店のチーズケーキもすげぇ美味い」

まろやかなプリンのような味がするチーズケーキで、食感はスフレに似ている。

秋本くんがおすすめなのも頷ける。

「今度他のケーキも食べてみたいな」

「それ、また一緒にこようって誘ってる？」

「っ、そういうわけじゃ……この場所なら、私ひとりでもくることができるし」

ただこのお店のケーキを色々食べてみたかっただけなのに。秋本くんは私の反応を楽しんでいるみたいだった。

「俺はまた一緒にきたいけど」

見つめられながら言われて、心臓がどきっと大きく跳ねる。

……勘違いしちゃダメ。ひとりだとお店に入りにくいから、私を誘っているだけだ。

「次は冬に食べにこよう」

「冬？」

「いちごのチョコタルトが十二月から売り出すんだ」

そういえば、店頭に貼ってあったポスターに、いちごのチョコタルトの予約受付中って書いてあった。いちごがたっぷりのっていて、タルトの中は生チョコになっているらしく、ポスターの写真もすごく美味しそうだった。

「毎年作る数が少なくて売り切れることが多いから、週末に朝から食べにくるしかないな」

「え、朝から？」

「マジでそのくらいしないと無理なんだって。前、姉ちゃんが昼に買いに行ったら売り切れていたらしいし。柊木、来月のシフトわかったら教えて」

計画を立てている秋本くんは楽しげで、目が輝いている。

「それともホールで予約して食う？」

「食べきれなくない？」

「そうか？　いける気がするけど」

「じゃあ、ふたりでチャレンジしてみよっか。約束ね！」

甘党なんだなぁと、笑ってしまう。秋本くんって話せば話すほど、意外な一面が見えておもしろい。

すると、秋本くんがフォークを持ったまま項垂(うなだ)れてしまう。

「どうしたの？」

笑ったのまずかったかな。それともホールケーキの件は冗談だった？

「……約束だからな」

「うん。シフトわかったら言うね」

下を向いている秋本くんをじっと観察をしていると、ちょっとだけ耳が赤い気がする。

「秋本くん？」

「……ん」

「熱ある？」

「いや、ないけど」

顔をあげた秋本くんは、むっとした表情をしているけれど、やっぱり耳が真っ赤だ。今の会話を思い返してみても、照れるようなところはなかったはず。よくわからないけれど、怒らせたわけじゃないならよかった。

まだ湯気を放っているミルクティーに口をつける。深みがあって香りもいいし、美味しい。

「柊木って、紅茶好きなんだな」

「うん、砂糖を入れた甘いミルクティーが好きなんだ」

「俺も。コーヒーは苦くて苦手なんだよな」

「わかる。私も苦手」

ずっと知くんには言えなかった。私がコーヒーを好きだと思っているけれど、本当は知くんの真似をして背伸びをしていただけ。

そういえば、ここ最近知くんのことを考える時間が減っていた。今までは些細なことから、知くんのことを思い出していたのに。

私にとって大きな変化だった。

目の前でチーズケーキを食べている秋本くんをちらりと見る。

秋本くんと一緒にいる時間が増えて、そしてこの時間が想像していたよりも充実しているからかもしれない。

翌朝、学校へ行くと周りの様子がおかしかった。廊下を歩いていると生徒たちが遠巻きに私を見ていて、なにかを話している。

得体の知れない不快感を覚えたものの、最近のことを振り返るとひとつだけ思い当たることがある。

秋本くんとのことが、周りに知られたのかもしれない。

教室の前にいた女子数名がわざとらしく私を眺めながら、薄く笑う。

「そういうタイプだったと思わなかった」

「まあ、相手が秋本くんだもんね。一度くらい遊んでみたいのはわかるけど」

やっぱり思ったとおり、私と秋本くんの噂が流れているみたいだ。おそらくは昨日の放課後、一緒にいたのを目撃していた人がいたのだろう。

いずれはこうなるとわかっていたけれど、いざコソコソと言われると気が滅入る。だけど、なるべく態度に出さずに平然としていないと。

彼女たちを横切り、教室へ入るとひよりと綺莉が声をかけてくれる。

「亜未、おはよ」

そして、廊下にいる人たちからの視線を遮るように教室のドアを閉めてくれた。

「変な噂が流れちゃってるみたい」

私よりも先に登校していたふたりは、流れている噂についてすでに把握しているようで、説明してくれた。

「付き合ったって話じゃなくて、秋本が亜未と関係を持ったって噂が流れてるみたい」

「……まあ、そうなるよね」

遊び人と言われている秋本くんと付き合っているよりも、遊び相手になった方が信じる人は多いのは頷ける。

「でも、秋本くんは彼女だって言ってたから、すぐに噂も変わるんじゃないかな」

「え⁉」

綺莉の話に驚いて、大きな声をあげてしまった。

「亜未ちゃんと遊んだんでしょって聞いてきた子に、秋本くんが遊びじゃなくて彼女だからって話してたのをさっき聞いたよ」

「秋本、亜未に本気なんだね～」

私たちが付き合いたてで両想いだと思っているふたりは、生暖かい目で私を見てくる。けれど、ふたりの視線も言葉もちくりと胸に刺さる。

本気なんかじゃないよ。遊びでも、彼女ですらない。でも、それをふたりに話すことはできない。

「周りになんか言われても気にすることないよ。亜未は彼女なんだし」

「そうだね」

顔を隠すように私は俯きがちに笑った。

周りの視線にも噂話にも、早く慣れなくちゃ。私は秋本くんの彼女を演じなくちゃいけないんだから。

そう改めて決意したものの、休み時間になるたびに周囲からの視線は痛いほど突き刺さる。

「彼女って嘘でしょ」

「柊木さんが思い込んでるだけじゃない？」

「だとしたら、ヤバい人だったんだね」

彼女という話を誰も信じていないようだった。それに秋本くんと付き合ったというのは、いつのまにか私が勝手に流した嘘ということになっている。

勘違い女とかストーカーじゃないかという声まで聞こえてきて、そんなんじゃないって言い返したくなる。けれど、厄介なことにはなりたくないから聞こえていないフリをして耐えるしかなかった。

昼休みになり、ひよりと綺莉と三人でお昼ご飯を食べていると、通りがかる生徒たちが「柊木ってあの子だよね」と教室を覗いていく。

次々人が見にくるため、食事が進まない。おにぎりはほとんど喉を通らず、ふたりとの会話も他の人たちの声によって途切れてしまう。

「亜未ちゃん、大丈夫？」

綺莉が心配そうに顔を覗き込んできた。

「……ちょっとトイレ行ってくるね」

息が詰まりそうで、私はトイレに逃げ込んだ。

鏡にうつった私の顔色は青白い。冷たい水で手を洗って、ため息をつく。

覚悟はしていたけれど、これは思っていた以上にしんどい。しばらくの間は、こんな日々が続くんだろうな。

教室へ戻ろうとすると、秋本くんからメッセージが届いた。

【なにかあったら言って】

彼の元にも噂が届いているみたいだ。

「ねえ、二年の柊木さんだよね？」

振り返ると、三年生の女子四人が立っていた。

驚いてスマホに親指が触れてしまい、【あ】という言葉だけが秋本くんにあてに送信された。まずいと思ったけれど、先輩たちの前でスマホをいじるわけにもいかず、そっとブレザーのポケットの中に仕舞う。

メッセージの件は、あとで間違えたと秋本くんに説明しなくちゃ。

「……はい」

それよりも、この人たちは私になんの用なんだろう。

先輩たちは明るめの髪色をしていて、香水の匂いがきつい。前に音楽室で秋本くんに迫っていた入間先輩に気づき、納得した。

おそらくこの四人は、秋本くんを狙っている人たちだ。

「秋本くんの彼女って本当？」

「そうです」

「遊びじゃなくて、マジで付き合ってんの？」

顔を見合わせて先輩たちは笑っているけれど、ショックを受けているように見える。

文句を言われるかと身構えていたけれど、特に突っかかってくることなく「突然ごめんね～」とひとりの先輩が両手を合わせた。

安堵したものの、入間先輩だけは私に鋭い視線を向けていた。

「よくあんな遊び人と付き合うよね」

秋本くんを貶(けな)すような発言に、私は眉を寄せる。

「秋本くんは、遊び人なんかじゃありません」

「は？　なに言ってんの」

先輩たちは表情を強張らせている。入間先輩だけじゃなく、この人たちも秋本くんに迫ったけれど断られたのかもしれない。

私と付き合っていると聞いて、あっさり引いたのも、本当は秋本くんが遊び人ではないと知っているからではないだろうか。

「秋本くんの噂は全部嘘です」

「嘘なわけないじゃん。実際に関係持った人たちがいるんだから。ね？」

納得がいかない様子の入間先輩が、他の先輩たちに同意を求めるように話しかける。

気まずそうに頷いた先輩たちに、私はやっぱりこの人たちは噂が嘘だと知っているのだと確信した。

「誰とも関係なんて持っていません。……それは先輩たちがよくわかっているんじゃないですか」

入間先輩だって、秋本くんと関係を持っていない。私が目撃者だ。それなのに翌日には関係を持ったと広まっていて、嘘をついていたのは間違いない。

誰が最初に流しはじめたのかはわからないけれど、自分だけ断られたら恥ずかしいから関係を持ったと嘘をついて、それが積み重なったことによって噂になってしまったのではないだろうか。

「もう秋本くんの嘘の噂を広めないでください」

噂のせいで、秋本くんは平穏な学校生活が過ごせなくなってしまった。

女子に触れることが嫌で、まともな恋愛をすることもできず、放課後に迫ってくる女子から逃げる日常。私に契約の付き合いを提案したのだって、現状を変えるために必死だったからだ。

「お願いします！」

契約関係が終わってしまっても、せめて秋本くんに無理やり近づいてくる人を減らしたい。そんな気持ちで私は勇気を出して声を上げたものの、入間先輩は目を真っ赤にして、泣きそうになっている。怒っているというよりも、傷ついているみたいだった。

あんなふうに強引に迫っていたけれど、秋本くんのことが本気で好きだったみたいだ。

……本当の彼女でもないのに、でしゃばりすぎたかもしれない。

「なにあれ、修羅場？　先輩、泣きそうじゃない？」

「さっき柊木さん、怒鳴ってなかった？」

「あんな感じの人だったっけ」

周囲からそんな声が聞こえてくる。事情をなにも知らない人たちから見たら、私が一方的に先輩たちに怒鳴りつけているように見えるみたいだ。

周囲からの視線が、冷たく鋭いもののように感じて、息を呑む。

「えー、嘘～！」

「ありえなくない？」

通り過ぎていく女子たちから聞こえてくる言葉が、すべて私に向けられているような錯覚に陥る。

考えすぎだ。まだ先輩たちと話が終わってないんだから、しっかりしないと。

先輩たちが、顔を見合わせて笑い始める。

「柊木さんって純粋なんだね」

遊ばれて本気になっちゃって可哀想とでも言いたげで、私を憐れんでいるようだった。あくまで先輩たちは嘘を認めないみたいだ。

震える手を、爪が食い込むほど握りしめたときだった。

その手を大きな手が包み込むと、後ろに引き寄せられる。

「もう嘘の噂、流すのやめてもらっていいですか」

背中に感じる彼の体温と声に、心臓がどくりと跳ねた。先輩たちは私の後ろにいる人を見て、青ざめていく。

「俺は誰とも遊んでないです。それと柊木にこうして絡むのもやめてください」

冷たい声音で言うと、秋本くんは私の手を掴んだまま歩きはじめる。

先ほどよりも周囲からの視線を感じたけれど、それよりも今は秋本くんがきてくれたことに驚きを隠せなかった。

「見つかってよかった」

「え？」

見上げると、隣を歩く秋本くんの髪が少し乱れていて、呼吸も荒い。

もしかして学校中を捜してくれていたの？

「〝あ〟って意味深なメッセージ送ってくるし。なにかあったんじゃないかって焦った」

「あれは、間違えて押しちゃって……。でも捜してくれて、ありがとう」

いつもふたりで会っていた音楽室まで辿り着くと、手が離れる。

「で、さっきのどういう状況？」

「先輩たちに声をかけられて、それで秋本くんの噂は嘘だって話をしてて……」

「柊木がそこまでする必要ないだろ」

秋本くんは顔を顰めていて、怒っているみたいだった。確かに私が口を出すことではない。それでも黙っていられなかった。

「秋本くんの噂が嘘なのに、遊んでるとか言われて無視できないよ。嫌に決まってるじゃん」

「……なんで柊木が嫌なんだよ」

「なんでって、本当は秋本くんがそんな人じゃないって知ってるからだよ」

噂なんかで変なイメージがついて、秋本くんが息苦しい思いをこれ以上するのは見ていられなかった。

秋本くんが眉を下げて微笑む。少し疲れているように見える。

「巻き込んで悪かった。でもありがとな」

「ううん。大丈夫」

「……柊木、触れていい？」

秋本くんは私に手を伸ばしてくる。

私は躊躇うことなく、その手を掴むと優しく引き寄せられた。包み込まれるように抱きしめられて、秋本くんの背中に腕を回す。

「なんで柊木って落ち着くんだろ」

「でも心臓の音、結構速くない？　具合悪い？」

「それ柊木だろ」

「……違うよ。ほら、すごい音大きい」

右の手を秋本くんの胸に持っていくと、秋本くんの体が大きく跳ねた。

「変態」

「は⁉　し、心臓の音を確かめただけなんだけど！」

私の手を秋本くんが掴むと、再び強引に秋本くんの背中に戻される。

先ほどよりも心臓の音が激しくなっている気がして、耳を秋本くんの胸の辺りにぴったりとくっつけて、音を確認した。

「やっぱ無理してる？」

「うるさい。無理なんてしてねぇって」

そう言って、私を抱きしめる秋本くんの力が強くなった。秋本くんのシャツから柔軟剤のいい匂いがする。

……この匂い、好きかも。って、こんなことを考えてしまって本当に変態みたいだ。

「ねえ、そろそろ」

「だめ、もう少しだけ」

恥ずかしくなってきて離れようとしても、秋本くんは離してくれない。

「柊木だって心臓の音速いじゃん」

「だから、私のじゃないって。秋本くんのでしょ」

「いや、絶対柊木のが速い」

子どもみたいな言い合いがはじまって、思わず噴き出してしまう。

抱きしめながら、私たちは笑い合う。秋本くんの傍は居心地がよくて、だけど時々ドキドキして擽ったくなる。

抱きついたまま視線を上げると、ふっと微笑まれた。甘ったるい笑みに心臓がぎゅっとなる。

「髪、ぼさぼさ」

手で髪を整えられて、ぽんぽんと撫でられた。それは愛犬をかわいがるような優しい手つきだった。

……やっぱり秋本くんって、私のこと女子じゃなくて犬だと思ってるんじゃないかな。

それから一週間が経っても、相変わらず私は噂の的だった。

最初は秋本くんの彼女だと思い込んでいると言われていたけれど、今では秋本くんと奇跡的に付き合った女子と言われていて、一部では弱みでも握ったのではないかと疑われている。

それに彼女の効果が出ているらしく、秋本くんに迫ってくる女子も今は落ち着いたそうだ。

鋭い視線も多いし、平穏とは言えないけれど、今のところ突っかかってくる人はいない。もっと悪質なことをされるかと思って覚悟していたけれど、安心した。

噂については特に問題はないけれど、今日はひよりの様子がおかしい。

綺莉が春日井とふたりでお昼を食べる日なので、昼休みはひよりとふたりきり。

いつもなら教室で食べるのに、空き教室で一緒に食べようと言われた。

「……ひより、どうかしたの？」

先ほどからジャムパンを食べながら、チラチラと私を見ている。ひよりは隠しごとが苦手だからわかりやすい。

「え、いや……」

「なにかあったんじゃないの？」

言いづらそうに視線を彷徨(さまよ)わせたあと、ひよりは声のトーンを落とす。

「あの噂聞いた？」

「噂？」

「秋本が歌舞伎町に入り浸ってるってやつ」

もっと大事かと思っていたので、体の力が抜けていく。今度は別の噂が流れはじめたらしい。

「秋本くんは、そんなことしないよ」

お互いバイトの日以外の放課後は、最近一緒に過ごすことが多い。

そのため歌舞伎町にいるという噂は嘘だと思う。それに女子が苦手な秋本くんが遊び歩いているとは考えにくい。

「でもさ、隣のクラスの友達が、実際に歌舞伎町で秋本を見たみたい」

「え……そう、なんだ」

「一度秋本と話した方がいいかも」

秋本くんが歌舞伎町に出入りしてる？　信じ難いけれど、ひよりが嘘を言っているようにも思えない。

「柄の悪い人たちと一緒にいたらしいし。ついにホスト始めたんじゃないかって」

「ホスト⁉」

ひよりの友達の話によると、ホストのような風貌の男性と一緒にいたそうだ。だからついに秋本くんがホストを始めたのでは?と、見かけた女子は思ったそうだ。

いくらなんでも秋本くんのバイトがホストだとは思えない。ただの友達付き合いの可能性もある。

「しかも、結構やばいクラブに出入りしてるって話もあるらしくて、さすがにその噂が広まったら、秋本まずいかも」

「やばいクラブって……」

「私もそんなに詳しく知らないけど、ここの卒業生たちが出入りしてる会員制のクラブらしくって、違法なこともやりたい放題なんだって」

あの秋本くんがそんな場所に出入りしているわけない。そう思いたいけれど、歌舞伎町に出入りしているという目撃者がいる。

一体、秋本くんはそんな場所でなにをしているんだろう。

「嘘だとしても、秋本にはこういう噂が流れてるって話しておいた方がいいかも。先生たちもそこのクラブのこと警戒してるらしくって、出入りしてた三年の先輩が退学になったみたいだし、目をつけられるかもしれないじゃん?」

「……そうだね」

だけど、本当の彼女でもない私が口を出していいのだろうか。どうして歌舞伎町に出入りしているのか、一緒にいた人は誰なのか。そんなことを聞いたら、面倒くさい女だと思われるかも。

でも……歌舞伎町にいることや、クラブに出入りしているって噂になっているよって話をするくらいなら、大丈夫かな。

話してみようかなと思い、メッセージを送ってみる。

【今日、会える？】

数分後、秋本くんから返事が届いたけれど【ごめん、用事ある】と断られてしまった。バイト以外で断られるのは初めてで、余計に気になる。

昼休みが終わって、授業がはじまっても集中できなかった。

用事ってなになんて、干渉したら嫌がられるだろうかと考えて、結局返事をすることができずに放課後を迎えてしまった。

「亜未、大丈夫？」

「顔色悪いよ。保健室で休んでから帰る？」

私の顔色は最悪らしく、ひよりと綺莉に心配されてしまう。

「……平気。私、先に帰るね」

掃除当番のふたりに手を振って、私は階段を下っていく。

なんでこんなに気になるんだろう。というか、バイトのことや友達関係のこと、用事についての詳細を教えてほしいなんて、こんなの束縛彼女みたいじゃない？

無意識にため息が漏れる。

気にしちゃだめ。私たちは契約関係なんだから、少し距離があるくらいがちょうどいい。

それなのに、もやもやとした気持ちが消えない。

上靴をローファーに履き替えて学校を出ると、前方に秋本くんの後ろ姿が見えた。

どうしよう。ここは普通に声をかけるべきだろうか。だけど、誘って断られたのに気まずい。それに今会ったら、我慢できなくて色々と聞いてしまいそうだ。

声をかけるか迷っていると、駅についてしまった。

このままでは同じ電車になってしまうかもと思っていると、秋本くんは地元とは反対の電車のホームへ向かっていく。

……あっちって、新宿方面だ。

『柄の悪い人たちと一緒にいたらしいし』

ひよりの言っていたとおり、本当に歌舞伎町で遊んでるの？　クラブに出入りしているって嘘だよね？

こんなことしちゃだめだと思うのに、そっと後を追ってしまう。

秋本くんと同じ車両に乗り、離れた位置に立つ。彼からは見つからないように、人の背中に隠れる。

バレたら軽蔑されるかもしれない。気持ち悪いって、私のことも拒絶するかも。

だけど、歌舞伎町へ本当に行くのか、それだけでも知りたかった。

ブレザーのポケットに入れていたスマホが振動する。

画面を確認すると、メッセージが一通届いていた。もしかしてとドキドキしながら、通知を開く。

【会いたい】

たった一言、切実な願いのように送られてきたのは、知くんからのメッセージだった。

少し前の私だったら、きっと彼に会いに行っていた。

断るなんて選択肢が私にはなかったのだ。知くんが最優先で、ただ一緒にいつものカフェで苦手なコーヒーを飲むだけでもよかった。

だけど、以前だったら打てなかった文字を、躊躇いなく打ち込んでいく。

【ごめん。彼氏がいるから会えない】

スマホをポケットの中に再びしまうと、短く息を吐く。

諦めるのは難しいってずっと思っていた。でも、いつのまにか私の日常が変わって、メッセージを待つ相手も変わっていた。気づけば私は、秋本くんのことで頭がいっぱいだった。

それから十五分くらいして秋本くんが降りたのは、新宿駅だった。

噂が現実味を帯びていく。そして、彼がまっすぐ向かって歩いていくのは、歌舞伎町方面。

……でも、信じられない。今まで見てきた彼からは、ホストで働いているとか、クラブで遊んでいるというのは、かけ離れているように感じる。

なにか事情があるのかもしれない。

いっそのこと、今からメッセージを送って聞いてみる方がいいのかも。噂になってるから気をつけてって。

これ以上は後を追うのをやめようと思ったときだった。

「え……」

黒い看板に紫色のネオンの文字で、&bee（エンビー）と書かれている怪しげなバーに秋本くんが入っていく。そのお店の周囲は、ホストクラブの派手な看板や、ラブホテルなどがあって、高校生が気軽に出入りするような場所でないのは、初めてきた私にもわかる。

バーの前まで行くと、ドアはガラス張りだけれど、室内が暗いのか中はよく見えない。

秋本くんの用事って、ここ？

女子が苦手だからって、歌舞伎町にいたらおかしいわけじゃない。

必死に冷静になろうとするけれど、頭の中は大混乱だった。

噂のどこまでが本当で嘘なのか、わからない。

でも私が踏み込むべき問題じゃないのは、混乱していても理解できる。これ以上は進んではいけない。

追いかけてきたくせに、急に気持ちが萎れていって、踵を返す。

「あれ？　入らないの？」

いつのまにか私の背後には、前髪をセンター分けにした黒髪長身の男性が立っていた。黒のロングコートを着ていて、一見落ち着いた大人に見える。けれど、耳には鋭く尖った黒いピアスがついていて、親指が入りそうなほど耳たぶが拡張されている。

「迷うなら、入ってみればいいのに」

口を開いた彼の舌には、銀色に輝く丸いピアスが見えた。

ニコニコと人の良さそうに笑っているけれど、その目は私を頭から爪先までじっくりと見定めているようで、妙な威圧感がある。

……関わったらいけない。そう感じた。

「いえ、帰ります」

軽く頭を下げて横を通り過ぎようとすると、腕を掴まれる。そして耳元で囁かれた。

「とりあえずおいでよ。ストーカーさん」

「え？」

「現行犯逮捕～」

呆然としていると、男の人は私に微笑みかけてくる。けれど、その笑みは氷のように冷たく感じた。

「いくら好きでも、一方的なのは重いからね。だめだよ、こういうのはさ」

「ちょ、ちょっと待って！　離して！」

逮捕ってなに？　わけがわからない。

もしかして、秋本くんのストーカーだと思われてる!?

「私、ストーカーじゃないです！」

「でも、後つけてたよね？」

「そ、それはそうですけど」

「ほら、やっぱりそうじゃん。そういうのを世間ではストーカーって言うんだよ」

私の抵抗も虚しく、まるで荷物のように引きずられていく。だめだ。力ではこの人に敵わない。

男の人はバーの扉を開けると、私を中に乱暴に放り込んだ。

困惑しながらも、周囲を見回す。薄暗い店内にはカウンター席と、ソファ席がふたつ。そしてテーブル席が五つあり、お洒落なアンティーク調の喫茶店のような内装だった。

想像していた雰囲気とは違っていて、BGMもクラシックが流れている。

店員さんが三名ほどいるけれど、お客さんの姿がない。

いきなり入ってきた私を見て、彼らは不思議そうにしている。それにしてもここの店員の人たち、お店の雰囲気とは違ってかなり派手だ。薄暗くてはっきりとはわからないけれど、赤髪や緑髪など奇抜な髪色をしている。

「葉〜」

私を掴んだ人が、口にしたのは秋本くんの下の名前だった。

……この人、秋本くんの知り合いみたいだ。

奥の方から出てきた秋本くんが、気だるげに「なんだよ」と言ってこちらに向かって歩いてくる。

そして私の存在に気づくと、目を大きく見開いた。

「え……柊木？」

「あ、葉。この子やっぱ知り合い？」

まずい。どう説明しよう。さすがに後をつけてきたなんて言ったら、気持ち悪がられるかもしれない。

「なんで、柊木がここにいるんだよ⁉」

「ストーカーしてたから、捕まえておいてあげたよ」

「は？」

私をここに連行した男の人が黙っていてくれるはずもなく、私は大きな声でストーカーだと断言されてしまう。秋本くんは眉を寄せ、店員さんたちは危険物を見るように顔を強張らせている。

「大変だね～。モテるのも」

「いや、意味わからねぇ。なんだよ、ストーカーって」

「駅から葉の後をずーっとつけてたのを見かけたら、葉が危険な目に遭わないように見張っておいてあげたんだよ」

私が隠しておきたかったことは、この男の人に全て目撃されていたらしく、秋本くんに伝わってしまった。

言い訳なんて通用しないだろうし、謝罪をして許してもらうしかない。

「で、この子どうする？　俺が処理していいなら、好きにするけど」

ニッと目を細めながら私を見下ろす男性に、ぞわりと鳥肌が立つ。

処理って、私なにをされるの？

「だめに決まってんだろ。てか、俺の彼女だから」

「は？　彼女？」

男の人はぽかんと口を開けて、私と秋本くんを交互に見たあと、お腹を抱えてケラケラと笑い出した。

「女が苦手なのに、彼女って！　どうやったらそういう展開になんの？　しかもストーカーみたいなことされてんじゃん」

なにがそんなにツボに入ったのかわからないけれど、ストーカー容疑は晴れたようでほっとする。

だけど、まだ問題が残っている。秋本くんに後をつけた理由を説明しなくちゃ。

「ごめんね、葉の彼女なのに勘違いしちゃって」

「……大丈夫です。私も後を追ってきたのは事実なんで」

出会い方がよくなかったせいかもしれないけれど、この男の人への緊張が消えない。

危険な蛇のような雰囲気が彼にはある。油断をすると手のひらで転がされて丸呑みにされそうだ。

「お詫びにコーヒーでも淹れるよ～。好きな席に座ってて」

厚意で淹れてくれるのに断りにくくて「ありがとうございます」と言おうとすると、秋本くんが私たちの間に割って入った。

「ミルクティーふたつな。あと砂糖も入れて」

「はいはい、淹れてくるよ～。ちょっと待っててね」

そう言って男の人は奥の部屋へと消えていった。

「柊木、こっち」

秋本くんにカウンター席に座るように促された。このお店に私は場違いな気がして、座ってても大丈夫なのかと、きょろきょろする。

「今はアイドルタイムだから」

「アイドルタイム？」

「夜のバーの時間までの休憩で、店は閉まってる」

どおりで店員さんたちはソファに座って寛いでいるわけだと納得した。

秋本くん曰く、このお店は昼間にカフェをしていて、夜はバーに変わるそうだ。

主に秋本くんはカフェの時間帯にキッチンで働いていて、人手が足りないときは夜もキッチンに入るらしい。

秋本くんの隣に座り、横目で彼を見やる。

「今日もバイトだったの？」

「いや、届け物があったからきただけ」

「……そうだったんだ」

ついてきた理由を聞かれないままなので、どう切り出すか迷う。それにお店の人たちがいる前で、学校の噂の話はされたくないかもしれない。

「お待たせ～」

沈黙を裂くように明るい声で現れたのは、先ほどの男の人だった。ティーカップに入ったミルクティーがふたつ、私と秋本くんの前に並べられる。

「ありがとうございます。いただきます」

湯気を放つミルクティーは、ほんのりと甘くて緊張した体がほぐれていく。

「でさ、いつから付き合ってんの？」

横から聞こえてきた弾んだ声に、咳き込みそうになる。興味津々といった様子で私のことを見つめている男の人は先ほどの威圧感が嘘のように消えていた。

「葉に彼女ができるとか意外すぎて、気になるんだけど！　他のやつらだって、聞きたがってるし」

振り返ると、ソファで寛いでいる店員の人たちが、慌てて俯いたり顔を逸らした。

……みんな秋本くんの恋愛にかなり関心があるみたいだ。

「お前らに関係ないだろ」

「見てこれ、まだ反抗期なんだよ」

「うるさい」

悪態をつく秋本くんに、男の人が呆れたように笑う。

「昔はあんなにかわいかったのにね～」

「昔から知り合いなんですか？」

「うん。弟だからね」

「お兄さんだったんですか⁉」

綺麗な顔をしているけれど、秋本くんとはあんまり似ていない。秋本くんはくっきりとした二重で、お兄さんの方は涼しげで切れ長な奥二重だ。

「違う。ただの従兄」

「兄弟みたいなもんじゃん」

血縁関係であることは間違いないようで、仲がいいことが見ていたら伝わってくる。

「そういえば、自己紹介がまだだったよね。高良緑です。よろしくね」

「柊木亜未です。よろしくお願いします」

高良さんに差し出された手に、自分の手を重ねようとすると秋本くんが「よろしくしないでいい」と私の手を掴んだ。

それを見て高良さんは、僅かに目を見開いた。

「へえ……」

安心したような柔らかな表情になり、すぐににやりと口角を上げる。

「今が一番楽しい時期だもんなぁ」

秋本くんは私の手を離すと、不機嫌そうにテーブルの上で頬杖をついた。

「マジで黙って」

いつも気だるげに話す秋本くんが、ここまで強い口調で話すのは珍しい。気を許しているからこそなんだろうな。

「で、馴れ初めは？　制服同じだし、高校で知り合ったんでしょ？」

「中学も一緒でした」

「へ〜、中学からの仲なんだ」

「柊木、こいつと話さなくていいから」

秋本くんはあまり話してほしくなさそうだけど、高良さんは私たちのことを詳しく聞きたいようだった。

女子が苦手な従弟に彼女ができたのだから、気になるのは仕方ないのかもしれない。

それにきっと、心配なんだろうな。

「亜未ちゃんは、バイトとかしてるの？　興味あればうちでする？」

「いえ、私はコンビニでバイトしていて……」

「下の名前で呼ぶな」

秋本くんが冷たい口調で突っ込んでいても、高良さんはお構いなしで話し続ける。

むしろ秋本くんの方が高良さんのペースに振り回されている気がした。

「あ、心配しなくても葉はここで働いていても他の女とは関わったりしてないから平気だよ。基本キッチンで料理作ってもらってるんだ」

女性が苦手という秋本くんのために、接客は一切させないように徹底しているらしい。

「バーの料理ってどんなものを作るんですか？」

「葉が働いているのはカフェの時間帯だから、パスタとかサンドイッチとかが多いよ。あとは俺らの賄(まかな)いも作ってくれてるし、葉は料理得意なんだよな〜」

秋本くんって料理もできるんだ。学校で知られたら、秋本くんファンの人たちが大騒ぎしそうだ。

「今度昼間に食べにこようかな」

「こなくていい」

バッサリと断られてしまって、胸の痛みを隠しながら私は笑う。

「ごめん、嫌だよね」

　本物の彼女でもないのに、調子にのってしまった。これはあくまでも契約なんだから、立場を弁えないと。

「そうじゃなくて、危ないだろ」

「葉は亜未ちゃんのことが心配だからひとりできてほしくないんだって〜」

「当たり前だろ。ここら辺治安悪いし。食いたいなら、俺の家で今度作るから」

　突き放されたと思っていたら、心配してくれていたのだとわかり安堵したものの、秋本くんの家に誘われて別の意味で戸惑う。いやでも、これは高良さんの前で本当の彼女として扱ってくれているだけかもしれない。本気にしちゃだめだ。

「ありがとう。楽しみにしてる」

　秋本くんににこっと微笑むと、私から目を逸らすように俯いて右手で顔を覆ってしまう。そして深いため息が聞こえてきた。

　もしかして、本気にしたと思われた？

「あの秋本くん、私わかってるから」

　高良さんに聞かれないように、小声で誤解していないことを伝える。

高良さんに勘づかれないようにしているのか、それとも秋本くんは料理をするのが好きなのかもしれない。あまり深くは考えないようにして、私は頷いた。

「……約束、忘れんなよ」

「甘くて、胃もたれしそう」

「おい、声でかいって。いいじゃん、ああいうの初々しくて」

背後からそんな声が聞こえてきて、恥ずかしくなってくる。私たちの会話のどのへんが甘いのかわからないけれど、大人にとってはそう見えているみたいだ。

秋本くんは立ち上がると、私の手をとった。

「柊木、こっちきて」

「えー、ちょっといちゃつくの禁止だからな～」

「お前らがうるさいから、向こう行くんだろ」

手をしっかりと握られて、奥の部屋へと連れていかれる。更衣室のようで、白いロッカーがL字に並び、部屋の真ん中には黒革のソファがおかれていた。

ソファに隣同士に座り、ふたりきりになった緊張に黙り込む。

「なんでこんなところまできたんだよ」

「それは、その……」

後をつけてきたなんて、気味が悪いと思われたに違いない。軽蔑される覚悟で、私は「ストーカーみたいなことをして、ごめんなさい！」と頭を下げる。

「俺は後をつけていたことを怒ってるんじゃなくて、柊木ひとりでこんなところまできたら危ないだろ」

「……うん」

「で、柊木がここまでした理由はなに。普段だったらしないだろ」

事情があると秋本くんはわかってくれているみたいだった。そのことに胸を撫で下ろしつつ、私は学校で噂されていたことを打ち明ける。

「今度はホストと、クラブかよ」

秋本くんはその噂が流れていたことを知らなかったみたいだ。

「まあ、実際歌舞伎町で働いていたのは事実だし、柊木に説明してなくて悪かった」

「ううん、私が干渉しすぎただけだから。本当の彼女じゃないんだし……」

秋本くんが悲しげな顔をしたように見えて、私はその後の言葉が続かなくなった。

私の思い込みかもしれない。けれど、時々秋本くんの言動に勘違いしそうになる。

「今後絶対こういう場所にひとりでこないで。危ないから」

「……わかった」

最近彼に触れていたせいだろうか。大きな手に指先を伸ばしたくなる。

秋本くんに触れたい。そんなことを言ったら、嫌がられてしまうかな。

「柊木にこんな行動力あると思わなかった」

「え、行動力？」

「柊木って、あんまり他人に踏み込まない感じがする」

言われてみれば、そうかもしれない。

知くんとの曖昧な関係が大きな原因でもあるけれど、中学の頃に仲がよかった友達に知くんへの片想いについて陰口を言われていたことも原因のひとつだ。

幸いそこまで広まることはなかったけれど、人と深く関わって傷つくことを知ってしまった。だから、適度な距離感でいるのが一番だ。

ひよりのことも、綺莉のことも大事だけど、踏み込みすぎないようにいつも気をつけている。

だけど、秋本くんの言うとおり、噂だけを聞いて後を追っていくなんて、冷静に考えてみると普段の私からは考えられない行動だった。それに知くんの誘いを断ってまで、秋本くんのことを追いかけていた。

「……真実が知りたかったの。あのとき追いかけなかったら、ずっとモヤモヤして気になってたと思う」

私の中で秋本くんの存在が大きくなり始めているのだと思う。だけど、それを口に出したら、秋本くんを困らせるかもしれないから言えない。

「柊木」

秋本くんが私との距離を詰めて体を傾けてくる。

「触れたい」

どくりと心臓が跳ねる。

これはいつもの実験みたいなものだ。だから、私は拒むことなく頷く。手に触れられるのだと思ったら、包み込むように抱きしめられた。

力強い腕の中で秋本くんの体温を感じながら、私は彼の肩に頭をのせる。一日の疲れがじんわりと溶けて消えていくような感覚がして、まだ離さないでとねだるように私は秋本くんの背中に腕を回す。

「俺に触れられるの、嫌じゃねぇの？」

「……うん」

「なんで？」

「わかんない。でも……嫌だって思ったことない」

居心地がよくて、落ち着く。けれど、それだけじゃない。どちらの心臓の音かわからないほど、大きな鼓動が伝わってくる。

知くんに前に抱きしめられたときは、嬉しさの中に罪悪感と虚しさがあった。お姉ちゃんの彼氏だった人で、私は代わりでしかない。あのときの感覚とは全く違うものが、秋本くんとの間には存在している。

「秋本くんこそ、なんで私には触れても嫌じゃないの」

「……わかんねぇよ」

秋本くんにとって、私はどんな存在なんだろう。

恋愛対象としてみていないから、こんなふうに近い距離で接することができるのか、あるいは私に対して少なからず情を抱いてくれているのだろうか。

「けど、俺も柊木のことを嫌だと思ったことは一度もない」

ほんの少し体が離れて、秋本くんの顔を見上げる。

柔らかな笑みを向けられて、胸がぎゅっとしめつけられた。

見て見ぬふりをし続けていたけれど、認めるしかなかった。

私は秋本くんに惹かれている。

以前だったら気にしていなかった噂が、今では真相を確かめたくなるほど気になっていた。それに後を追いかけたり、触れたいと思うほど、気づけば秋本くんへの想いが降り積もっていた。

秋本くんは私のことを、どう思っているんだろう。

誰かの心の内側を、こんなにも知りたいと思ったのは初めてだった。

「秋本くん、前に私のこと特別って言ってたよね」

以前秋本くんが『柊木は特別なのかもしれない』と口にしていた。あのときはそこまで深く考えなかったけれど、今はその言葉の意味が気になってしまう。

「柊木はずっと頭から離れなかったから」

秋本くんの手が私の頬を覆う。

「え……」

どういうこと?と言おうとして、秋本くんの親指が私の唇を塞ぐように触れた。

見つめあっていると、秋本くんの顔が少しずつ近づいてくる。

あまりにも近い距離に息を止めて、私は戸惑いながらも目を伏せた。

「葉～! そろそろ店開けるよ～」

「……っ!」

ドアの向こう側から高良さんの声が聞こえてきて、私たちは慌てて離れる。

あと数秒遅かったら、どうなっていたんだろう。

……キスをしていたかもしれない。

ひょっとしたら、どこまで大丈夫か試そうとしていたとか?

「帰るか」

「う、うん」

顔が熱い。それに唇も秋本くんの指の感触が残っている。秋本くんは、今なにを考えているんだろう。

なんとなく気まずくて、私は秋本くんと目をあわせることなく帰宅した。

その日の夜、ベッドの上で寝転び、私は枕を抱きしめながら何度もため息を漏らす。

「噂のことは放っておけばいい」と言われたことは覚えているけれど、どんな話をして帰ったのか思い出せない。

それよりも、秋本くんに触れられた熱が忘れられない。

「なにこれ……わけわかんない」

恋愛的な好きという感情を、秋本くんに抱くわけがないと思っていた。相手は女子が苦手だし、私はずっと知くんに終わらない片想いをしていた。

だから、新しい恋をするはずないと思っていたんだ。

それなのに秋本くんのことを思い出すと、胸が苦しくなって、だけど幸せで泣きそうになる。

好きになったら、この契約は終わってしまう。だからこのまま、想いを閉じ込めていたら少しでも長く隣に居られる。

でも気持ちを隠して、秋本くんの彼女の座にいるのはずるい気がした。

秋本くんの中で、私は特別な存在なのだとしても、恋愛的な意味で想ってくれているのかわからない。

付き合ったときの契約内容の中に、好きな人ができたら別れるという項目があった。

素直に秋本くんに気持ちを打ち明けるべきだろうか。けれど、玉砕したらもう二度と関われないかもしれない。それに知くんとの関係も、完全に決着がついたわけじゃないのに、中途半端に秋本くんに告白なんてできない。

四章　契約じゃなくて

色々な気持ちが混ざって、最近寝つけない日が続いていた。

秋本くんへ芽生えた気持ちと、契約について。そして知くんと話をしなければい

けないと思っていたけれど、これって自己満足なのかな。

何度も連絡をしようとメッセージの画面を開いて、言葉を打つ前に閉じてしまう。

休み時間になり、スマホを机の上において頬杖をつく。

秋本くんが私の気持ちを知ったら、どう思うんだろう。

今までは私に触れることができていたけれど、私が恋愛感情を抱いていると知ったら、触れることすら嫌になる可能性だってある。

綺莉とひよりが、私の隣にやってくると「大丈夫？」と声をかけてきた。

「亜未ちゃん、最近元気ないよね」

「やっぱあの噂が原因？」

秋本くんが歌舞伎町に出入りをしていて、ホストになったとか、クラブ通いしているという噂を私が気にしていると思っているみたいだ。

「ううん、大丈夫。その件は、本人から聞いて誤解だったってわかったから」

秋本くんも先生に聞かれたら、バイトの件を話すと言っていたし、たとえ噂が広

まったとしても大丈夫だと言っていた。

「そうなの？　なんだ〜！　それならよかった」

安堵したひよりに対して、綺莉の表情は晴れない。

「別のことで悩んでるの？」

「えっと……」

鋭い指摘に、私は言葉を詰まらせる。

詳しい事情は話せない。だけど、今までみたいになんでもないと言って笑っても、バレてしまう気がした。

「……私、自分の気持ちを伝えるのが下手なんだ」

抑え込むことに慣れて、本音を上手く伝えられなくなっていた。

家でもほとんど自分の意見を言うことはないし、知くんとふたりで過ごすようになったときも合わせてばかりだった。

本当は外でデートがしたくても、知くんは出かけたがらない。唯一できるのはカフェでの待ち合わせくらいで、隠れるように室内で過ごしていた。

課題をやる知くんの後ろ姿を眺めながら、私は置き物のようだなと思ったこともある。

知くんは私になにも求めていない。ただ、寂しいときにお姉ちゃんの代わりとしてそばにいるだけ。

握られた手も、抱きしめてくれた熱も、私じゃなくて、本当はお姉ちゃんに向けられたもの。だけど、あの頃はそれでよかったんだ。好きな人のそばにいられるのなら、これが幸せだと思い込んでいた。

でも、秋本くんと一緒に過ごすようになって、私の中の幸せの形が変わっていった。

ふたりで外に出かけて、ケーキを分けあったり、些細な会話で笑ったり。幸せって縋るものじゃなくて、胸が温かくなるものなんだなって知った。

「上手な言葉で伝えようとするからじゃないかな。相手にきちんと思いが伝われば、いいと思うよ」

「そうそう、変に取り繕うと逆に相手に伝わらないこともあるでしょ」

ふたりの言うとおり、私は今まで綺麗な言葉で伝えなくちゃいけないと思っていた。だけど、不恰好な言葉でもいいのかな。

「亜未ってさ、意見をズバッと言うときもあるけど、本音を伝えるのって苦手だよね」

「……うん」

コンビニのバイトで色々な人と接してきた。お店の前で集まって騒いでいる人たちへの注意や、大学生の店員に対してしつこく連絡先を聞いていた人を撃退したこともあった。だから、人に全く意見を言えないわけじゃない。

でも自分の内面を身近な人に曝け出すのが怖くて、人間関係に関わることだと消極的になってしまう。

「言葉にしなかったら、伝わらないままだと思うよ」

綺莉とひよりに背中を押されて、私は頷く。伝えるのが下手だからと逃げていたら、いつか後悔しそうだ。

秋本くんがいずれ他の女子のことを苦手じゃなくなったら、私が彼女でいる必要はなくなってしまう。

俯いてばかりじゃなくて、好きになってもらうために自分を磨かなくちゃ。

それから毎朝早めに起きて髪をセットしたり、メイクに気を遣うようになった。

これくらいじゃ大きな変化なんてないだろうけど、でも気分は少し前を向く。

そして特に秋本くんと約束をしているときは、気合いを入れた。

音楽室でいつものように待ち合わせをすると、なぜか今日の秋本くんは不機嫌だった。

「髪、いつもと違う」

緩く巻いた私の髪の束を手に取ると、秋本くんが疑わしげな眼差しを向けてくる。

「なんで？」

そんなストレートに聞かれるとは思わなかった。前だったら、誤魔化していただろうけど、素直になるって決めたから、じっと秋本くんを見つめながら答える。

「秋本くんと会うから」

「は？」

「だから気合い入れたの。……だめだった？」

秋本くんの手から、私の髪の束がさらりと滑って落ちる。

「……は？」

何度も言うほど引かれたみたいだ。失敗したっぽい。頑張るって決めたのに、早速空回っちゃった。

「ごめん、忘れて。冗談だから！」

逃げるように秋本くんに背を向ける。

こんなはずじゃなかったのに。負担にならないように、もっとサラッと言いたかった。落ち込みながら俯くと、体が後ろに傾く。

そしてふわりと後ろから抱きしめられて、私は動けなくなった。

「冗談なわけ？」

囁くように聞かれる。微かに吐息がかかった耳が熱くなっていく。

「……困らせるつもりじゃなかったから」

「困ってないし。……似合ってると思っただけ」

突然褒められて、頭が追いつかない。それに少し引っかかることがある。

「嘘だよ」

「は？　なんで嘘になるんだよ」

「だって、さっき機嫌悪そうだったでしょ」

似合ってると言われて「ありがとう」と返せばよかったのに……。なんで余計なことを言っちゃうんだろう。

「……岩田先輩に会いにいくのかと思ったから」

知くんの名前が出てきて、どきりとした。やましいことはなにもないけれど、近いうちに話をしにいくつもりだと秋本くんに打ち明けようと思っていたのだ。

「あの、実は……知くんと今度話をしようと思ってて」

秋本くんの腕が私から離れていく。包み込んでくれていた熱が一気に引いていき、彼の心も離れたような寂しさが押し寄せてきた。

「話って？」

「ずっと逃げてたから、自分の気持ちを正直に伝えようと思ってて、それで……」

「ふーん。いいんじゃない」

どうでもよさそうな返答に、針を刺されたように胸が痛む。

振り向くと、秋本くんは冷たい目を私に向けていた。

「岩田先輩と上手くいくといいな」

「え、なに言ってるの？」

「他の男と付き合い出して距離ができたから、先輩の気を引けたかもしれないだろ」

恋愛ごっこの魔法が解けたように、秋本くんの話し方は素っ気なくなっている。

「今がチャンスなんじゃねぇの」

「……秋本くんは、私と知くんが付き合ったらいいって思ってるの？」

私がずっと片想いをしていたのを知っているから、応援してくれているのかもしれない。だけど、それでも背中を押すような言葉を秋本くんに言われるのは辛かった。

「柊木こそ、上手くいかなくていいのかよ。ずっと好きだったんだろ。それとももうどうでもよくなった？」

適当な軽い想いだったのかと言われている気がして、私は眉を寄せる。

「どうでもよくなったわけじゃないよ」

引きずっていた知くんへの想いは、私にとってどうでもいいものじゃない。けれど、もう恋焦がれていた気持ちから、ゆっくりと時間をかけて変化していた。

秋本くんと契約関係が始まる前から、私は終わらせる準備を心のどこかでしていたのだ。だからこそ、付き合いたいと考えることがなくなっていた。

でもこんなことを今言っても、調子のいいやつとしか思われないはず。

「それならよかった」

「よかったって……」

「柊木が幸せになれるなら、姉の元彼だろうと関係ないと思う。俺のことは気にしなくていいから。柊木と付き合った効果で、近寄ってくる女子がかなり減ったし」

先ほど抱きしめられたのが嘘のようだった。今目の前にいる秋本くんは、私に知くんのところへ行けと応援している。

『誰かを好きになったこともないし』

そっか。秋本くんは、今まで私の彼氏役をするために、好きになっているフリをしていたんだ。

「秋本くんのこと……無理に付き合わせちゃってたんだね」

「え？」

デートを経験させてくれたり、私を特別だと話してくれていたのは、本当に付き合っているような雰囲気作りだったのかもしれない。それならさっき不機嫌そうにしたのも、嫉妬をしたように振る舞っていただけなんだろうな。

「無理させてごめんね。でも、付き合ってくれてありがとう」

泣くのを堪えながら笑って見せる。

「秋本くんと一緒に過ごせて楽しかった」

多分もうこれで、私たちの契約は終わりになる。

だから、最後は笑顔でお別れをしなくちゃ。

涙が溢れる前に私は秋本くんに背中を向けて、音楽室を出た。

放課後の静まり返った廊下を歩きながら、鼻の奥がツンと痛んで視界が歪んでいく。

近づいてくる女子たちを追い払うために、彼は私と付き合っただけ。

もしかしたら秋本くんも私に対して、好意的な気持ちを抱いてくれているのかもなんて、勘違いしていた。

……馬鹿だなぁ。少し考えればわかるのに。

自分でもびっくりするくらい、秋本くんのことが好きになっていたみたい。

心の中がぐちゃぐちゃに引き裂かれたみたいに痛くて、涙が止まらなかった。

泣きながら脳裏に浮かぶのは、秋本くんの姿だった。

かっこよくて、同い年には見えないくらい余裕と色気があって大人っぽい。

だけど、接していくにつれて、今まで見えなかった一面を知れた。時々子どもっぽいところも、目尻を下げて優しく笑うところも、ケーキを食べたときの幸せそうな表情も……今では全部遠い昔の思い出のようで苦しくなる。

窓の外の空は、眩暈がするほど青い。窓の隙間から風が吹き抜けて、涙に濡れた私の頬がひりついた。

こうして私と秋本くんの契約関係は、あっけなく終わってしまった。


元々学校で一緒にいることが多かったわけじゃないので、秋本くんと別れて二日が経っても誰にも気づかれなかった。

綺莉とひよりは、私の様子を見てなにかあったのを察したみたいだったけれど、今はまだ別れたことを伝えていない。

廊下に出ると、友達と談笑している秋本くんの姿を見つけた。気まずいなと思いながらも、歩みを進める。

挨拶くらいするべきだろうか。そんなことを考えていたけれど、彼と目が合うことは一切なく、横切っていく。顔色ひとつ変えずに、楽しげに喋っている秋本くんの世界に私なんて存在していないみたいだった。

契約が終わったのだと改めて実感する。そして、それと同時に失恋をしたんだ。目が潤んだけれど、上を向いて涙が溢れないようにぐっと堪える。

私には、まだ決着をつけないといけないことがある。

その日の放課後、知くんからメッセージが届いた。

【迎えにきたよ】

言葉の意味を最初は理解ができなかった。今日は知くんと話をするために、いつものカフェで待ち合わせをしている。まだ待ち合わせの時間まであるし、迎えにきたってどういうことだろう。

「亜未ちゃん？」

スマホを握りしめたまま、ぼーっとしている私を綺莉が覗き込んでくる。

「大丈夫？」

「……うん。平気だよ」

へらりと笑うと、綺莉は心配そうな表情になった。

「あ！　ほら、春日井きたよ」

春日井を見つけて、綺莉の腕に軽く触れる。

「え、今日バイトじゃなかった？」

「途中まで綺莉ちゃんと一緒に帰りたいなと思って」

こちらまでやってきた春日井が綺莉の手をとると笑いかけた。相変わらず幸せオーラが溢れているなぁと思っていると、なぜか春日井の視線が私に向けられた。

「外が騒がしくて窓から覗いたらさ、門のところに岩田先輩がいたんだよね」

その言葉に私は目を瞬かせる。

迎えにきたって、そういうこと？

「……そうなんだ」

「うちの学校に知り合いでもいるのかね〜」

不思議そうにしている綺莉に春日井は「俺らの中学の先輩」と説明している。

「それじゃあ、また明日ね。亜未ちゃん」

「あ、うん。また明日」

綺莉たちを見送ったあと、私は慌ててメッセージを打ち込んでいく。

【学校じゃなくて、カフェで待ち合わせだったよね？】

今までの知くんからは考えられない行動だ。違和感を抱きながらも、それを言葉にできない。

【たまにはこういうデートもいいかなって。今どこ？】

デートって、なにを言っているんだろう。私に彼氏がいるのを知っているはずで、秋本くんと別れたことも伝えていないのに。

【ごめん、まだ教室で。掃除当番があるから、先にカフェに行ってて】

本当は掃除当番ではないけれど、このままだと一緒にいるところを多くの人に見られてしまうので、それは避けたい。

【じゃあ、教室まで行くよ】

【カフェで待ってて、お願い】

既読になっても知くんから返事はこない。本当に校舎の中に入ってくるつもりなんだろうか。

知くんから着信がきたものの、私はその通知をただ見つめているだけで、出ることができなかった。知くんがなにを考えているのか、わからない。

【亜未、教室何階？】

【何組だっけ？】

【どこ？】

連続で何通もメッセージが届く。

一つひとつの部屋を見て回っているってこと？　どうしてそこまでするの？

メッセージの相手が本当に知くんなのか疑いたくなる。

けれど、ふと前にお姉ちゃんが言っていたことが頭に浮かんだ。

『電話に出なかっただけで、何十通もメッセージ届いてびっくりしたんだよね』

あの頃は、惚気のように聞こえていたけれど、今になって血の気が引いていく。

焦っているうちに、教室に残っていた生徒たちはまばらになっていき、私が最後のひとりになっていた。

話がしたいと言ったのは私だけど、こんなことになるとは思わなかった。

それになんだか、今日の知くんはいつもと違っていて胸騒ぎがする。ふたりで会うのは危険だ。そんな気がした。ひよりはバイトだし、綺莉も春日井と一緒に帰ってしまった。秋本くんは……まだ学校のどこかにいるのだろうか。

〝なにかあったら言って〟

秋本くんへの連絡先を開いて、通話マークの前に指を触れてから、我に返って慌てて通話を切った。

私たちの契約は終わったんだ。別れたのに連絡なんてしても、迷惑なだけ。私が自分で解決しないといけないのに。

「亜未」

びくりと体が震えた。にこやかな表情で教室に入ってきたのは、知くんだった。笑っているけれど、なんだか怖い。知くんにそんな感情を抱いたのは初めてだった。

「どうして学校まできたの？」

「亜未に会いたかったからだよ」

以前の私だったら、嬉しかったかもしれない。けれど今は、心が動くことなく、言葉の裏に隠された意味を探るように見つめてしまう。

「知くん、あの……」

いざ伝えようとすると言葉が出てこない。

『上手な言葉で伝えようとするからじゃないかな。相手にきちんと思いが伝われば、いいと思うよ』

綺莉の言葉を思い出して、自分を落ち着かせるために深く息を吸う。遠回しじゃなくて、私の気持ちをはっきりと伝えなくちゃ。

「私、もう知くんとふたりで会えない」

数秒間の無言が流れたあと、知くんは静かに口を開いた。

「俺は亜未のことが、好きだよ。だから、今度はちゃんと付き合おう」

知くんの言葉に耳を疑う。

信じられない。けれど、間違いなく今知くんは私のことを好きだと言った。ずっと欲しかった言葉なのに、私は嬉しさではなく戸惑いを覚える。それと同時に、気持ちの整理が本当についたのだなと思った。

「ごめん。私、他に好きな人が……」

「彼氏のことは本気じゃないってわかってるから。前だってそうだっただろ」

確かに以前、同級生に告白をされて付き合ったことがある。そのときの私は、知くんへの想いを断ち切れるかもと思っていた。けれど結局それができなくて、上手くいかずにすぐに別れることになった。

でも、そのときと今は違う。

「亜未の気持ちわかってたのに、ごめんな。もう寂しい思いはさせないから」

今も私が知くんの気を引きたくて離れようとしているみたいだった。

「……わかってないよ。私、この先知くんとふたりきりで会うつもりはないよ」

知くんと好きだった気持ちに嘘はないけれど、その感情はいつしか執着に変わっていて、報われない自分に酔っていた部分もあるのだと思う。

ゆっくりと私の方へ知くんが歩み寄ってくる。

「無理して離れようとしないでいいよ」

「え……」

「もう辛い思いはさせないようにするから！」

「無理なんてしてないよ。本当に……っ」

私の腕を知くんが掴む。その力が強くて、痛みに顔を歪める。

「亜未まで俺から離れていくの？」

知くんは辛そうな顔で必死に訴えかけてきた。まるで置いていかれるのは寂しいと泣いている子どものようだった。

私はずっと知くんのことを大人だと思っていた。落ち着きがあって、優しくて、温かく見守ってくれるような人。

けれど、知くんにだって子どもっぽいところもあって、ひとりになることを恐れている。きっと勝手にフィルターをつけて、理想を押しつけていたんだ。

「ごめんね、知くん。私、もう一緒にはいられない」

ただの幼馴染とは言えない歪な関係。曖昧なままではなく、今日終わらせないといけない。

「俺のこと捨てるの？」

知くんの空いた手が私の頬に添えられる。その手から逃れようとしても腕を掴まれていて離れられなかった。

顔が近づいてくるのを感じて、私は力いっぱい知くんの胸を押す。けれど、びくともしない。

「知くん、離れて」

このままだとだめだ。顔を逸らそうとすると、強引に顔を掴まれて、知くんの方を向かされる。

「やめ……っ」

「やめてください」

聞き覚えのある声に、私は目を見開く。知くんを引き剥がすと、秋本くんが抱き寄せるように私に腕を回したまま、後ろに立った。

背中から伝わってくる鼓動が速い。私が着信を残してしまったから、走って捜してくれていたのかもしれない。

「嫌がってんのに、なにしてるんですか」

驚いた様子の知くんが、ふっと目を細めて笑った。

「亜未の彼氏って、君だったんだ」

同じ中学出身なので、知くんも秋本くんのことを知っているみたいだった。

「悪いけど、亜未と別れてほしい」

「無理です」

即答した秋本くんに今度は私が驚いてしまう。おそらく状況を見て、私を助けるための発言なのだろうけれど。

「俺、柊木のことが本気で好きなんで。だから、柊木のことを大事にできない先輩には任せられません」

これは秋本くんの本心ではない。わかっているのに、泣きたくなるくらい胸に響く言葉だった。

「もしかして亜未に俺と会わないようにとか、返事をするなとか言ってたの？」

「彼氏なら嫌に決まってるじゃないっすか。彼女に酷いことしてる男が近くにいるのなんて」

「やっぱり。最近亜未の様子が違っていて変だと思ってたんだ」

「岩田先輩は彼女でもないのに、今まで柊木のことを都合よく扱ってきたんですか」

秋本くんの声も、知くんの表情も冷たくて、空気がピリついている。私は息をのんでふたりのやりとりを聞いていた。

「俺らのことなにも知らないくせに」

「でも柊木が傷ついていたことは知ってます」

「亜未は本気で君のことを好きじゃないこともわかってる？　それなのにまだ付き合うつもり？」

「……違う」

秋本くんの手をぎゅっと掴んで、私は真っ直ぐに知くんを見つめる。

「私、秋本くんのことが本気で好きなの！」

私の告白を聞いて、秋本くんはどう思うんだろう。冗談だって思われるかな。それとも困らせるかも。だけど、この恋だけは諦められない。

「だから知くん、もうふたりでは会えない」

もう一度はっきりと伝えると、今度は伝わったのか知くんの顔に戸惑いの色が浮かぶ。

「……本気？」

「うん。本気で秋本くんのことが好き」

気づいたら私の心の中は、秋本くんのことでいっぱいになっていた。

今はもう彼氏ではないし、片想いだけど。それでもこれから振り向いてもらえるように、頑張りたい。

知くんは自分の髪をくしゃくしゃにして、ため息を吐く。

「亜未が本当に離れていくかもって思ったら、怖くなったんだ」

先ほどまで怖いと感じていた知くんの纏う空気が、少し変わったように感じる。

いつもの穏やかな雰囲気というよりも、気力を失っているように見えた。

「……ごめん。こんなことして」

涙を堪えているのか声が震えていた。けれど、私にはもう知くんを慰めることはできない。

沈黙が数秒流れた後、潤んだ目を知くんが向けてくる。この場から動かない私を見て、傷ついたように眉を寄せた。

私が本気で終わらせるつもりだと察したみたいだった。

俯いたまま、知くんは私たちの横を通過していく。

楽しかった思い出も、辛かった記憶も数えきれないほどある。でも寂しさは感じない。それよりもようやく終わったんだと、力が抜けていく。

彼の背中を見つめながら、私は最後の言葉を口にする。

「さよなら、知くん」

一瞬立ち止まった知くんは、背を向けたまま「さよなら」と返した。

曖昧だった私たちの関係が今度こそ終わった。

ふたりきりになると、秋本くんが思いっきり私のことを抱きしめる。

「……無事でよかった」

焦りを含んだような声から、本気で心配してくれていたのが伝わってくる。

「きてくれてありがとう。秋本くん」

私ひとりではどうなっていたかわからない。抱きしめていた力が弱まると、秋本くんは私から一歩離れた。

「校門のところで岩田先輩見かけて、そのあと柊木から着信があったから、なにかあったのかもって。それに電話も出ないし」

気づかなかったけれど、折り返し電話をくれていたみたいだ。

「でも、本当にこれでよかったのか？」

秋本くんは、まだ私が知くんを引きずっているんじゃないかと思っているみたいだ。

「うん。知くんに言ったことは、全部本心だから」

眉間に皺を寄せて秋本くんは考えこむように黙ってしまう。

この先の言葉を口にしたら、戸惑わせて、私に触れることすら嫌になるかもしれない。だけど、もうこれ以上自分の気持ちを隠しておきたくない。

「私、知くんとちゃんと終わらせてから、秋本くんに気持ちを伝えたかったの」

秋本くんが目を見開いた。きっと私の言葉で想いを察したみたいだ。

「……俺、誰かのことを本気で好きになったこと今までなかった」

改めて言われると胸が痛い。これは遠回しに断られているのだろうか。

「関わってみると柊木は危なっかしいとこあるし、無理して笑ってるのとかバレバレなのに作り笑いするし。なんでもっと自分のこと守って生きねぇんだよって思ってた」

「……ごめん、イライラさせてたんだね」

契約で付き合っている間、私の些細な言動で秋本くんにストレスを与えていたみたいだ。それなのにまったく気づけなかった。

「そうじゃなくて。目が離せなかったんだよ」

秋本くんは私との距離を一歩詰めた。

「誰かのことを守りたいとか、幸せになってほしいとか思ったのは初めてだった」

いつも余裕そうに私をからかってくる秋本くんが、耳を赤くしながら真剣に言葉を紡ぐ。

「他の誰かに奪われたくない」

恋がわからないと言っていた彼からの、最大の愛の言葉だった。

私の一方的な想いじゃないの？　これからも彼女として隣にいていいの？

言いたいこと、聞きたいことはたくさんあったけれど、涙が溢れてきて言葉が出てこない。

「柊木、触れていい？」

頷くと、秋本くんの手が私の頬に触れる。優しく指先で涙を拭ったあと、ぎゅうっと強く抱きしめられる。けれど、苦しさはなくて、むしろその温もりが心地いい。

「この数日、柊木と離れて死ぬかと思った」

「……大袈裟(おおげさ)すぎ」

「それくらい柊木不足だったんだよ」

「なにそれ」

笑いながら嬉しさを噛みしめる。私も秋本くんと離れている間、寂しくてたまらなかった。

「契約じゃなくて、俺と付き合ってほしい」

「……っ、うん。秋本くんの彼女になりたい」

恋が叶うことが、こんなにも幸せなことだと初めて知った。
こうして私たちは、今度は本当の恋人として付き合いはじめることになった。

五章　そういうの禁止

女子が苦手。それは小さい頃からだったと思う。
昨日まで仲よく遊んでいた女子たちが、翌日になると仲間割れが起こっていると
いうのを小学生の頃何度も見てきた。
『あの子たち、秋のこと好きで喧嘩したらしいよ』
幼馴染の春日井から聞いた事情に、小学六年生だった俺は理解ができなかった。
俺が一切関わっていないのに、なんで俺のことで喧嘩しているんだろう。
女子って面倒くさそうだな。この頃は、それくらいしか思わなかった。
そして、女子が苦手になる大きな原因は中学生で起こった。
ひとつ目は、母さんの浮気。
そしてふたつ目は、中学の頃にできた彼女。
相手に恋愛感情もなかったし、最初は断った。けれど泣きながら『お試しでいい
から付き合って』と懇願されて、半ば強制的に付き合う流れになってしまった。
今思えば、それが間違いだった。
結局最終的には、俺の態度が冷たいと泣かれて別れることになったのだ。
関係のない女子たちに酷いと言われたり、見た目だけで近づいてくる女子たちか

らは『次は私と付き合おうよ』と言われて、うんざりしていた。

恋愛なんて面倒だ。全く興味がないわけじゃないけど、こうやって面倒ごとに巻き込まれるくらいなら女子と極力関わりたくない。

母さんと父さんが別居して、新しい家にも慣れてきた中三の夏。

同じ学校の女子が、私服姿の男の人と手を繋いで歩いているのを目撃した。

あれは柊木亜未と、岩田先輩だ。学年が違っていても岩田先輩は目立っていたから、話したことがなくても名前と顔はわかる。

それにあの人、柊木の姉と付き合っているって学校で話題だった。柊木の姉も目立つ人だったから女子にあまり関心がなかった俺でもわかる。

それなのになんで、柊木と岩田先輩が手を繋いで歩いているんだ？

ここからだと話し声は聞こえないけれど、岩田先輩が電話に出ると、柊木から手を離した。そして電話を切った後、柊木になにかを言うと岩田先輩は去っていく。

ひとり取り残された柊木は泣いていた。

流れ落ちる涙を手で拭いながら、目に焼き付けるように岩田先輩の後ろ姿を見ていて、その光景が痛々しい。けれど、初めて誰かのことを綺麗だと思った。

岩田先輩のことを想っているのが、俺にも伝わってくる。

ふたりがどんな会話をしたのかわからない。でも話しているときから、明らかに柊木は無理して笑っているようだった。

俺には関係のないことだとわかっていたけれど、気になって春日井に聞いてみることにした。

『岩田先輩と柊木先輩？　あのふたりなら別れてるって聞いたけど』

『……ふーん』

それなら別れたあとに、柊木妹の方と付き合い出したってことなのか。

春日井がにやりとして、俺の顔を覗き込んでくる。この顔、腹たつな。

『なに秋、柊木先輩のこと好きだった？　残念、今は彼氏いるみたいだけど』

『違う』

『え、じゃあ岩田先輩の方？　今フリーみたいだけど……』

『は？　フリー？』

それなら昨日柊木と手を繋いで歩いていたのは、なんだったたんだ。柊木が岩田先輩のことを好きなのは間違いない。涙を流しながら、岩田先輩の後ろ姿を切なげに見つめる柊木の横顔が頭に過ぎる。

……あんなに泣くほど誰かを想える柊木のことが羨ましい。俺は一度も誰かをそこまで想ったことがない。

『岩田先輩の連絡先、知りたい？』

『知りたくない』

別に事情を知ったところで、俺は無関係だ。それにまだ付き合ったことが知られていないだけかもしれない。そう思うことにして、俺は深く考えるのをやめた。

高校の入学式の帰り、俺と春日井の前方を同じ制服を着た柊木が歩いていた。

『……柊木も同じ高校だったんだな』

『みたいだね。声かけてみる？』

本気で声をかけに行こうとする春日井の首根っこを掴んで止める。

『やめとけって。そういうノリ、苦手なタイプだろ』

春日井のような軽いテンションで話したりしなさそうだ。関わったことがなくても、中学の頃の柊木を見ていたらわかる。

『へぇ、なるほどなぁ』

『なんだよ』

『いや、よく知ってるなぁと思って』

からかうように言ってくる春日井を無視して、俺はあえて柊木から離れるように道を変えた。

『秋、どこ行くの？』

『飯食って帰る』

俺らが後ろにいることを知ったら、柊木は居心地が悪いだろうから。高校が同じだとしても、これから先も柊木と俺は関わることはない。そう思ってた。

それから春日井は俺に柊木の話をよくしてくるようになった。

『柊木さん、彼氏できたらしいよ』

『どうでもいい』

『でもすぐ別れたっぽい』

『……へぇ』

なんで付き合ったのにすぐ別れたんだ。岩田先輩とはもう終わったのか？　そもそもあのとき付き合っていたんだろうか。

春日井が勝手に話してくるせいで、無関係なのに頭の中でぐるぐると考えてしまっていた。

あるとき、柊木と帰りのタイミングが被ったことがあった。けれど親しげに会話をする仲でもないし、気まずかったので俺はかなり距離を空けて歩いていた。

『亜未！』

信号待ちをしていた柊木に声をかけたのは、岩田先輩だった。嬉しそうに微笑む柊木を見て、柊木は岩田先輩のことがまだ好きなのだと察した。

そのときの息が苦しくなるような感覚が、しばらく忘れられなかった。

高一の夏、柊木のバイト先を知ったのは偶然だった。

俺は風邪を引き、高熱に喉の痛みに襲われて寝込んでいた。

父さんは仕事で遅いし、姉ちゃんはもう家を出ていたので、ひとりで自分のことをしなければいけない。

最悪なことに、飲み物を切らしていて、喉が痛くて固形物も食べられない。近くのコンビニにスポーツドリンクやゼリーを買いに行ったときだった。

『あ……やべ。財布』

レジを打ってもらったあとに、財布を忘れてしまったことに気づいた。

『すみません、財布取りに帰るので……』

咳き込みながら話す俺に、店員の人が『大丈夫ですか？』と声をかけてくる。

『私が代わりに払っておくので、お大事になさってください』

『え、いや……』

見ず知らずの店員に代わりに払ってもらうなんて、そんなことだめだろと思い、視線を上げる。

『今にも倒れそうですし、お金は今度私に返してくれたらそれでいいです』

目の前にいる店員の顔を見て、俺は目を見開いた。

そこにいたのは、柊木亜未だった。

『だから、気にしないでください』

優しく微笑みかけられて、その姿に釘づけになる。

帽子をかぶってマスクをしているので、俺が誰なのかわかっていないようで、同級生だからとか関係なく、善意で言ってくれているのだと伝わってくる。

『ありがとうございます。……必ず返しにきます』

『お大事に』

柊木が代わりにお金を払ってくれて、その後朦朧とする意識の中帰宅した。

もしもう一度コンビニに行くことになっていたら、倒れていたかもしれない。

そのくらい家に帰ると体がしんどくて動かない。

俺は水分補給をして胃にゼリーを流し込んでから、薬を飲んで眠った。

完治するまで一週間くらいかかり、その後俺はあのときと同じ格好をして、柊木にお金を返しにいった。

『もう体調大丈夫ですか？』

『……はい』

『治ってよかったです』

笑いかけてくれた柊木をなぜか直視することができなくて、俺は『ありがとうございました』とだけ言って、すぐに立ち去る。

まだ本調子じゃないせいか、全速力で走ったあとのように、心臓が痛いほどばくばくしていて、軽く眩暈がした。

同級生というのもあって、気まずいのでいつも帽子をかぶってバレないようにしつつ、時折コンビニに通うようになった。

『柊木って、案外はっきり言うんだなって思った』

『へえ』

『柄の悪そうなやつらにも、平然と注意しに行くし』

『へえ〜』

俺の話に相槌をうつ春日井は心底興味がなさそうだった。けどこれがちょうどいい。

春日井は惣菜を入れたタッパーをテーブルに並べていく。料理が趣味の春日井は俺の家にやってきて、よくお裾分け（すそわ）だと惣菜を持ってくる。たぶん、俺のことを心配しているからなんだろうけど。

春日井のおかげもあって、俺も料理を教えてもらったり、バイト先でも役立っている。

『柊木さんに連絡先聞けばいいのに』

『なんでだよ』

さっきの話からどうやったら連絡先に繋がるのか意味不明だ。

『好きなんじゃないの？』

『そういうのじゃない』

『ふーん……まあ、秋がそう言うなら別に俺はいいと思うけど』

恋愛的な好意じゃなくて、ただ気になるだけだ。俺がイメージしていた柊木亜未とコンビニで見る柊木の印象が少し違っているから。

高二の秋、俺にとって最悪な事件が起こった。

『春日井のせいだ』

相変わらず俺の家に入り浸り、ソファに座っている春日井を睨みつける。

『いいじゃん、秋が急に大人っぽくなったっていろんな女子が言ってるよ～』

『よくねぇよ！』

夏休みに春日井が『秋、染めてみたら?』と提案してきて、最初は面倒だから嫌だと言った。けれど、春日井が通っている美容室がカットモデルを探しているからと頼まれて、渋々引き受けることになったのだ。

黒からシルバーアッシュに髪が変わって、以前よりも見た目が大人っぽくなったらしく、学校で周囲から向けられる視線が変わった。

『それに妙な噂まで立ってんだけど』

俺が遊んでるという、事実無根な噂が流れて迷惑している。

『あー、俺と仲いいってのもあってそういうイメージついたのかね～』

『やっぱお前のせいだろ!』

今は彼女がいるとはいえ、春日井は少し前まで女遊びが激しかった。そんな春日井と親しいから俺も女遊びをしているんじゃないかと思われて先輩に声をかけられることは、髪型を変える前から時々あった。

けれど、最近特にそれが過激になっている。噂がひとり歩きして、俺のことだとは思えない内容で広まっていた。

『色気が増したせいだって。俺のせいじゃないし』

『なんだよそれ。色気とかわけわかんねぇ。昨日だって放課後追いかけられたんだからな。柊木がこなかったら……』

あの強引な女の先輩になにをされていたかわからない。思い出して青ざめていく。

『あ、いいこと思いついた』

春日井が閃いたと、読んでいた雑誌を閉じる。

絶対いいことじゃない。

『彼女作ればいいじゃん』

『嫌だ。好きなやついないし』

やっぱりいいことじゃなかった。

『柊木さんのこと好きなんじゃないの？』

『は？』

『秋って俺に隠しているだけで、柊木さんのこと好きなのかと思ってたけど』

『そんなんじゃない』

他の女子のことは苦手だけど、柊木に対して苦手だと思ったことはない。だけど、それだけで別に恋愛感情があるわけじゃない。

『あ、そうだ。柊木さん、今彼氏いないらしいよ』

春日井の彼女は、柊木と親しい。だからこの情報に間違いはないんだろうけど。

ふと岩田先輩のことが頭に浮かんだ。

詳しい事情はわからなくても、中学の頃から岩田先輩に想いを寄せていたのは見ていればわかる。

『それに秋に彼女ができたら、先輩たちも諦めるんじゃない？』

『彼女作るって、簡単な話じゃないだろ』

『そうかな～。方法は色々あると思うけどね』

春日井がおもしろがっているように見えてイラつく。たしかに彼女ができたら、先輩たちは諦めるかもしれない。だけど、相手がいない。

いやでも、その相手って本物の彼女である必要はないのかもしれない。

あることを思いついて、俺はコンビニへ向かうことにした。

そして、柊木に契約交際を持ちかけた。

最初は柊木に近づいたり触れても嫌悪感がないことが不思議だった。

けれど、だんだんと自分の気持ちの正体に気づき、今は晴れて契約ではなく、本当に付き合いはじめた。

「おめでとー、秋。俺は前から秋は柊木さんのことが好きなんだな〜って思ってたよ」

春日井は満足げに言ってくる。

「……どの辺が」

「だって、柊木さんのこと目で追ってるし、しょっちゅうコンビニに通ってるし、柊木さんの話ばっかりするじゃん。あれが好きじゃないなら、なんなの」

そこまでだったのかと、自分の言動を思い返して頭を抱えたくなった。中学の頃から高校にかけて無意識に俺の中で、柊木の存在が大きくなっていたらしい。

「まあでも、よかったね。綺莉ちゃんも誘って、今度四人でどっか行く？」

「……胸焼けしそうだから嫌だ」

春日井と彼女の御上(みかみ)を見ていると、空気が甘ったるくて耐えきれなくなる。それに春日井が彼女に夢中な姿を友人として見ていると、むず痒いものがあった。

廊下で春日井と話をしていると、柊木たちのクラスのドアが開いた。ホームルームが終わったらしい。

「おまたせ」

柊木は周囲を一度見てから、小声で言う。まだ慣れなくて照れているみたいだった。

柊木は契約で付き合っていたときよりも、些細なことで照れる。本人曰く、好きな人と付き合ったのは初めてだから、そわそわするらしい。

「……なに？」

じっと見すぎたのか、柊木が不思議そうに首を傾げる。

「いや、今日もかわいいなと思って」

付き合ってから色々な柊木の姿を見ることができて楽しい。

目を見開いた柊木は、くるりと俺に背を向けて先を歩きはじめてしまう。

前の俺だったら、こんなことを自分が言うなんて想像もつかなかった。……甘ったるいとか、春日井たちのこと言えないな。

「柊木」

追いかけて柊木の手を取る。顔を真っ赤にした柊木が振り返ると、ほんの少し潤んだ瞳で俺を見上げた。

「……そういうの禁止」

照れている姿がかわいくて、俺は口角を上げる。

「それは無理」

これからも何度も言うだろうから。

六章　お預けされる気持ち、わかった？

秋本くんと、改めて付き合いはじめて一週間が経った。

まだ完全に遊び人とか危険な場所に出入りしているという噂は、完全に消えたわけではない。けれど、秋本くんに強引に迫ってくる女子や告白をしてくる女子はほとんどいなくなったそうだ。

彼の日常生活に平穏が訪れたことはよかったけれど、私的には気になることがある。

「今も女の子のこと苦手？」

契約じゃなく、本当に彼女ができたことによって、秋本くんの中で女子に対してなにか変わったのか気になる。

「基本女子自体が好きじゃない」

「……私も女子だけど」

「彼女は別だろ」

彼女という響きに、どきっとする。緩みそうになる頬を引きしめながら、「そっか」と短く返した。

「じゃあ、また放課後にね」

私の教室の前までついたので片手を振る。ひとりになり教室の中に入ると、ふっと肩の力が抜けていく。秋本くんと初めて一緒に登校したけれど、想像以上に注目を浴びる。この視線に慣れる日なんてくるんだろうか。

「亜未、おはよ～」

ひよりと綺莉の元へ行くと、にんまりとされた。

「一緒に登校してきたんだ？」

「……まあ、うん」

ふたりの前で秋本くんの話をするのは、恥ずかしい。今まで付き合った彼氏の話をするのは気にしたことなかったのに。

「秋本の雰囲気、だいぶ変わったよね～」

「そうかな」

「全然違うよ！　柔らかくなったし、よく笑うじゃん。しかも亜未といるときの空気が甘ったるい」

照れくささを隠すように私は苦笑する。

「別に甘くないって。それになにも変わってないよ」

「亜未ちゃんも変わったと思うよ。前よりも幸せそう」

綺莉が嬉しそうに言うと、ひよりも頷いた。

「そうなのかな」

私も変わった？　先ほど感じている恥ずかしさも、今までは味わったことのないものだった。好きな人と付き合うことが初めてだからかな。

放課後、音楽室へ行くと私は秋本くんの膝の上に座らされた。

……こんなこと、前にもあった気がする。

「ねえ、膝にのる必要ある？」

「離れる必要ないだろ」

「誰かがきたら困るでしょ」

「なんで」

周りに椅子はたくさんあるのに、わざわざ秋本くんの膝の上に座っているなんて、誰かに見られたら羞恥で逃げたくなる。

「秋本くんが私と触れても大丈夫なのは、もう十分わかったよ」

膝の上にのっていると私の方が秋本くんを少し見下ろす形になる。

「俺に触れられるのが嫌なわけ？」

秋本くんは不貞腐れたように私を上目遣いで見ていた。

「……そういうわけじゃなくて」

「じゃあ、なんだよ」

「ちょっと恥ずかしい」

子どもっぽいと思われるかもしれないけど、好きな人と付き合うだけでも私はいっぱいいっぱいだった。

私の頬に秋本くんの手が伸びてくる。そして、ぐっと引き寄せると、頬に柔らかいものが触れた。

「っ、ちょ！」

「だめ？」

「だ……っ」

私のだめという言葉は、秋本くんの唇にかき消されてしまった。

最初は触れるだけの優しいキスからはじまって、離れたかと思えば角度を変えて深く絡めとるように捕らえられる。

だめとか聞いたくせに、私の言葉を待つ気はなかったみたいだ。

頬に触れていた手が、後頭部に移動して逃すまいと押さえつけられた。彼の舌は私を逃すまいと執拗に追い、時折呼吸に混じって声が漏れる。

「んっ」

息が苦しくて、頭がぼーっとした。だけど、離れるのも名残惜しくて、秋本くんの手が私の脚に触れた瞬間、びくりと体が跳ねる。

これ以上は、本当にだめだ。

「ストップ！」

秋本くんから顔を離して、キスを阻止するように手で彼の口元を覆う。キスをされただけなのに、心臓が飛び出そうなほどドキドキしている。

「学校でスキンシップ禁止！」

こんなことをしょっちゅうされたら、身が持たない。

「なんで」

不満そうな表情をした秋本くんは、今度は私の手のひらにキスをしてくる。

「っ、だめだってば！」

慌てて秋本くんの膝の上から降りて距離をとった。

「柊木、顔真っ赤」

「誰のせいだと思ってるの！」

「俺のせい？」

からかうように言いながら首を傾げる秋本くんを睨みつけて、私は警戒をしたまま「とにかくスキンシップ禁止だからね！」と言い聞かせた。

自分から言い出したスキンシップ禁止令を、後悔しはじめたのは一週間が経った頃だった。

あれから秋本くんは、一切私に触れてこない。

手すら繋がず、隣を歩くときも友達のような距離感だった。放課後に一緒に出かけても、お茶をしたり買い物をして、日が暮れる前に解散する。

健全な付き合いとも言えるけれど、モヤモヤしてしまう。

「春日井くん、黒髪も似合うね」

「本当？ 明るい色ばっかりだったから、たまには変えようかなって思って。トリートメントもしてもらったから、サラサラだよ。触ってみる？」

春日井がかがむと、綺莉が大型犬を撫でるようにわしゃわしゃっと春日井の髪に触れた。ふたりの周りにはハートやら花が飛んでいるように見えるほど、幸せオーラが漂っている。

目の前でスキンシップをしているふたりを、じーっと私は見つめた。

「亜未、目が死んでる」

ひよりに小声で注意をされてしまう。

「……ごめん、羨ましくて」

ぽろっと溢してしまった言葉は、三人に届いてしまったらしい。

しまった。つい言ってしまった。

ひよりはポカンとしていて、なぜか綺莉はうっとりとしている。どうせおもしろがっていそうなので、春日井の表情は見たくないので見なかった。

「亜未ちゃんは、秋本くんの髪を犬みたいにわしゃわしゃしてかわいがりたいんだね」

「違うよ、綺莉ちゃん。柊木さんは秋とイチャイチャしたいってことだよ」

　普段だったら「変なこと言わないで」と怒っているところだけど、正直春日井の言うとおりだ。……私、欲求不満なのかも。

　私がスキンシップ禁止と言ったから、それを守ってくれているんだろうけれど、距離が空いたことによって飽きられてしまったらどうしようと今更不安になってきた。

　言い返すことができず肯定するように黙る私を見て、ひよりが「珍しいね」と笑ってくる。

「でも案外秋本って真面目だよね。遊び人って噂は嘘だったとはいえ、亜未と付き合っても学校でべたべたしないし、成績も入学してからずっと上位キープしてるんでしょ」

「本物の遊び人は春日井くんだもんね」

　彼女の綺莉がニコニコしながら言った。綺莉は気にしていなさそうだけど、以前の春日井は本当にすごかった。

　中学の途中から、不特定多数の子と遊んでいて、だらしなくていい加減な人だった。綺莉と付き合ってから、そういうのはなくなったみたいだけど。

「今は綺莉ちゃんだけだよ」

春日井は忠犬のような純粋な瞳を綺莉に向けている。砂糖で窒息しそうなほど、綺莉にぞっこんなのがわかる。

「秋が柊木さんのこと本気で大事にしているのは間違いないと思うよ」

秋本くんと仲のいい春日井の言葉は信じたいけれど、でもこうしている間にも秋本くんの心が離れていくかもと考えてしまう。

「付き合う前から、柊木さんの話ばっかり俺にしてたし」

「私の話？」

「今度秋に聞いてみなよ」

意味深に春日井は微笑む。

契約で付き合うよりも前ってこと？

秋本くんがどんな話をしていたのかわからないけれど、この状況を続けるべきじゃないのはわかっていた。

スキンシップを解禁したい。

頭の中にそればかりがテロップのように流れていく。

放課後、駅までの道を秋本くんと歩きながら、機会をうかがう。

すでに受け入れられた申し出を、私の都合で廃止するなんて呆れられるかもしれない。しかも相手は女子が苦手な秋本くんだ。今は私のことが平気だとしても、いつ他の女子たちのように苦手の枠に入れられるかわからない。

ここは慎重に行動しなくちゃ。

「……さっきから見過ぎ。なんかあった？」

さり気なく見ていたつもりが、バレていたらしい。

「べ、別に」

「見たいなら、堂々と見て」

私の目の前で立ち止まった秋本くんが、口角を上げて私を見下ろす。そんな姿さえも、キラキラとした光が放たれているように美しい光景に見えてしまう。

元々かっこいいなと思っていたけれど、最近特に眩しい。

「なにか言いたいことがあるんじゃないの」

「……この間の音楽室でのことなんだけど、本気で嫌だったわけじゃなくて、頭がパンクしそうで……咄嗟（とっさ）にあんなこと言っちゃって。だからその……」

秋本くんに触れたい。

たったそれだけの言葉が出てこなくて、私は彼の指先に手を伸ばす。

「ごめん」

ぎゅっと握って、謝罪をする。

ちらりと顔色をうかがうと、秋本くんはふっと笑った。

「お預けされる気持ち、わかった？」

「うん。……ごめんなさい」

手の指を絡めとられると、力強く握られる。なんだか妙な威圧感を覚えた。

秋本くん、笑ってるけど怒ってる？

「金曜日、俺の家で映画でも一緒に観る？」

「え……」

「次の日休みだから、ゆっくりできるし」

その言葉の裏にある意味を、私は察しながらも頷く。

彼の手のひらの上で転がされているような気もするけれど、ふたりで一緒に過ごす甘い誘惑には勝てそうもなかった。

地元についてからも、秋本くんから手を繋いでくれた。スキンシップは解禁されたのかなと、考えていると秋本くんとの別れ道まできていた。

「あれ……今日、このまま帰るの？」

普段だったら、どこかに寄って帰るのに。

「金曜日まで、お預け」

秋本くんは甘ったるい笑みを私に向けてくる。

握っていた手も離れていき、これ以上のスキンシップは我慢しろと言っているみたいだった。

……ささやかな復讐をされている気がする。

先ほどまで握られていた手が、冷たい外気に晒される。もっと触れていたかった。

少し前までは秋本くんの方がスキンシップを求めていたのに、今では私の方が触れたくてしょうがなくなっている。

秋本くんは家の前まで送ってくれたけれど、私に触れてくることはなかった。

それから秋本くんの宣言どおり、約束の日まで触れてくることはなかった。

待ち遠しいと思いながらも、焦る気持ちもある。

キスをしただけでも、心臓が壊れるんじゃないかってほどドキドキしたのに、あれ以上のことをしたら、どうなってしまうんだろう。

金曜日は朝から落ち着かなかった。身だしなみが気になって、何度も鏡を確認してしまうし、音楽室での出来事を思い出して恥ずかしさに悶えてしまう。

……こんなこと初めてで、自分じゃないみたいだ。

ひよりたちには、秋本くんとデートだとすぐに見透かされて、生暖かい目を向けられた。秋本くんみたいに私も余裕を持ちたいのに、うまくいかない。

放課後、秋本くんの顔を見ただけで、緊張して思うように足が動かなかった。

「なんでそんな強張った顔してんの」

私とは違って、秋本くんは相変わらず余裕そう。待ち遠しかったのは私だけなんだろうか。

「……だって、やっと金曜がきたから」

「は？」

不満そうな顔をした秋本くんが、ため息をついた。そんなことで？と呆れたのかもしれない。

「かわいくてムカつく」

よくわからないことを言われて、今度は私が顔を顰める。

「それ貶してるの？　褒めてるの？」

「人の気も知らないで」

「秋本くんこそ」

私がどれだけ触れたくても我慢してたか。……自分から言い出したことだけど。

先ほどまでの緊張が解けていき、私は自然と笑みを浮かべていた。

身構えすぎていたのかも。触れたいって思うけど、でもそれが一番大事なわけじゃなくて、いつもどおり秋本くんのそばにいられたらそれでいいのに。両想いになれて、欲張りになっていたみたいだ。

秋本くんの家は、以前一緒に行った洋菓子店の近くだった。

タワーマンションの自動ドアをくぐると、銀色の機械の前で秋本くんがカードをかざした。

ピッと電子音がして、ガラス張りの扉が開く。

一軒家に住んでいる私にとっては、なにもかもが新鮮で、声を上げたくなるのをぐっと堪える。

橙色の照明が照らすエントランスへ足を踏み入れると、観葉植物や革張りのソファなどがおかれているスペースや受付があった。

エレベーターがある部屋の前に、再びオートロックがある。それもカードで解除すると、ガラス張りの扉が開き、真紅の絨毯（じゅうたん）の上を進む。

「綺麗なマンションだね」

「母さんのことがあって、家を売ることになって、ここになったんだ」

以前家の場所の話をしていたとき、あまり触れたくなさそうだったのは、お母さんのことが原因で引っ越しをしたからだったんだ。

「俺がまだ中学生で転校しないで済むようにって、父さんが近くでマンション探したらしい」

エレベーターにのって四十六階に到着すると、四六〇一号室の部屋の鍵を秋本くんが開けた。

「おじゃまします」

「誰もいないから、そんなかしこまんなくていいよ」

　家の中は必要な家具だけ揃えられている感じで、あまり生活感がなかった。リビングの大きな窓からは、住んでいる街が一望できる。小学校や公園など、見慣れた場所がミニチュア模型のようだ。

　手洗いをした後、飲み物の準備をはじめた秋本くんについて行こうとすると、「俺の部屋で適当に座ってて」と言われてしまう。

「これよかったら、家の人と食べて」

　鞄から取り出した袋包装されているクッキーを秋本くんに差し出すと、申し訳なさそうな表情をしながら受け取ってくれた。

「悪い、ちゃんと言っておけばよかったな。もう姉ちゃんも家を出てるし、父さんも夜遅くに帰ってくるから、ほとんど家にいないんだ」

「そうだったんだ」

「だから、次うちにくるとき気を遣わなくていいから」

……次。そっか、また家におじゃまする機会もあるんだ。

「前に話してたケーキも今度予約して俺の家で食おう」

「うん、楽しみ！」

「じゃあ、そのとき料理も作る。柊木が食べたいものあったら教えて」

ケーキや秋本くんの手料理も嬉しいけれど、こういう些細な会話から付き合っているんだと改めて実感できて頬が緩んだ。

「飲み物用意してくるから、部屋で待ってて」

秋本くんの部屋にひとり取り残された私は、ベッドの近くの床に座る。

部屋にはローテーブルとベッド、本棚だけ。これといってなにも飾られていなくて、本も参考書や辞書などばかりだ。

この家で秋本くんと私のふたりきりだと思うと、再び緊張してくる。

覚悟をしてここにきたわけだけど、秋本くんは私みたいに緊張とかしないのだろうか。

少しして秋本くんがミルクティーとお菓子を持って部屋に入ってきた。

「俺、ミルクティー淹れるの上手いから飲んでみて」

「いただきます」

ガラスのティーカップに入ったミルクティーをひと口飲む。紅茶の香りが鼻腔を抜けて、深みのある味の中にミルクの優しい甘さがする。

「美味しい！」

「だろ。色々調べて作ってたら上手く淹れられるようになった」

紅茶の味がしっかりして、渋みはまったくない。甘さもちょうどよくて、温度も飲みやすい。

「秋本くんってなんでもできるよね」

「……別にそんなことないけど」

私からしてみたら、秋本くんは雲の上のような存在だった。

勉強もできて、運動神経だっていい。料理もできるみたいだし。

「それに中学の頃、男子たちが秋本くんはゲームが得意だって言ってたの聞いたことある」

「まあ、ゲームは好きだったけど。そんなすごいことじゃないだろ」

「あと、歌が上手いって聞いたこともあったよ」

「……たぶん、中学のとき無理やりクラスのやつらにカラオケ連れて行かれたときだと思うけど。でも歌うのはそんな好きじゃない」

中学から一緒なのに、私が知っている秋本くんについてはこのくらいだった。

もっと知りたいけど、どう知っていけばいいんだろう。一緒にいる時間が長くなれば、自然と知っていけるのかな。

「私たちって、一度も同じクラスになったことなかったよね」

「そうだな。隣のクラスとかはあったけど」

「高一だよね。でもそのときも一度も話したことなかったなぁ」

だからこうして、付き合うようになるなんて少し前まで思いもしなかった。

「話したことあるけど」

「え?」

話したことがあるって、高一のときのことだろうか。でもあの頃、関わりなんてなかったはず。

「俺、前から柊木のこと気になってたし」

「それっていつから……?」

「バイトのとき、コンビニの前で座り込んでる連中に注意してただろ」

「前にそういうこともあったけど……秋本くんに見られてたんだ」

「そのあとそいつらが、コンビニの中の椅子に座ってたら他の店員が追い出そうとして、それを止めたのも見てた」

　私がバイトをはじめて半年くらいのときだ。

　派手な外見の中学生たちがコンビニの前で座っていて、ここは座る場所じゃないと注意をしにいった。そしたら今度は彼らがコンビニのイートインスペースにくるようになったのだ。

　柄が悪いからという理由で、バイトの人たちは彼らを追い出した方がいいのではないかと話していた。けれど、彼らはちゃんとコンビニで買い物をして、椅子に座って食べている。大きな声で騒ぎもしないし、マナーを守っていたので追い出す必要はないのではないかと私は他のバイト仲間を止めた。

　まさかそのときのことを、秋本くんに見られていたなんて。

「それに俺のことも助けてくれた」

「助けた……？」

「去年の夏ごろ、財布忘れたやつの代わりに柊木が金払っただろ」

去年の夏と聞いて、記憶を辿る。

「あ、そういえば、体調悪そうな人がお財布忘れたことあった」

たしかスポーツドリンクやゼリーなどをレジ打ちした後に、男の人がお財布を忘れたと言って、会計をキャンセルしようとしたんだ。

黒いキャップにマスクをつけていて顔は見えなかったけれど、鼻声で呼吸もつらそうだった。今にも倒れてしまいそうなその人を放っておくことができなくて、こういうことはしてはいけないと思いつつも、私は自分のお金で代わりに払ったのだ。

「それ、俺」

「え⁉ 秋本くんだったの？」

後日ちゃんとお金を返しにきてくれたときも、顔は帽子とマスクで見えなかった。それに風邪を引いていたため声も低めで、今の秋本くんとは違っていた。

「あのとき、本当助かった。家に帰ったら、もう外に出る気力もなかったし」

知らない間に私は秋本くんと関わっていたんだ。なんだかくすぐったい気持ちになる。……変なところとか見られてないといいんだけど。

「契約で付き合おうって言ったとき、俺はまだ自分の気持ちもよくわかってなかったけど、今思えばあのときはすでに好きだったんだと思う」

　突然の告白に目を丸くした。秋本くんは私との距離を詰めるように座ると、私の髪の束を指先でいじる。

「俺、まともな恋愛したことないし。告白も柊木が初めてだった」

「……中学の頃から告白される方だったもんね」

「それもあるけど。……でも女子自体が苦手だったから、自分が誰かのことを好きになるとか想像もつかなかった」

　秋本くんが私に触れても嫌悪感を抱かなかったのは、私のことを最初から好意的にみてくれていたからなんだろうか。

「柊木」

　包み込むように抱きしめられた。けれどいつも以上に緊張して、私は固まってしまう。

「えっと、その、映画は？」

「あとで」

「あとでって……」

視線を上げると、私を見つめる熱っぽい眼差しに焦がされてしまいそうで、すぐにまた目を逸らす。

「ちょ、ちょっと待って」

「散々焦らされたんだから、もう待ちたくねぇんだけど」

私のスキンシップ禁止発言がいけなかったのは、わかっている。だけど、やっぱり秋本くんを前にすると心臓が持たないんじゃないかと思うくらいドキドキする。

「私だって……秋本くんに触れたかったけど、いざこういう空気になると、心臓が潰れそうなの」

「じゃあ、慣れるしかないな」

秋本くんの顔が近づいてくる。触れるだけのキスをされると、すぐに舌が唇を割って中に入ってきた。甘いミルクティーの味がする。

「ん、ぅ……っ」

食べるような深く荒いキスに声が漏れる。それほど秋本くんが我慢していたのだということが伝わってきて、胸がぎゅっとなった。

長いキスが終わったかと思えば、今度は耳のふちにキスを落とされて、吐息がかかる。びくりと私が反応すると、甘ったるい声で囁かれた。

「今度は柊木からキスして」

秋本くんが私から離れると、不敵な笑みを向けてくる。今まで触れられなかった仕返しなのかもしれない。

触れたいと私自身が思っていたのは事実だけど、急に恥ずかしくなってくる。

「……目、つぶって」

私に従い目を閉じた秋本くんの肩に手をおいて、顔を近づけた。心臓が先ほどよりも五月蝿(うるさ)く響く。

秋本くんにされたようなキスは、ハードルが高いけど、ただ唇を合わせればいい。

息を呑み、唇に一秒だけ掠るように触れてから離れた。

目を開けた秋本くんが、私の後頭部を手で掴む。

「足りない」

そしてそのまま、吸い寄せられるようにキスをされて、先ほどのように唇をこじ開けられた。

秋本くんが私の腕を掴み、ベッドの上にのせると流れるように押し倒される。

頬や首筋、鎖骨にキスを落とされていく。私を大事にしてくれているのが、触れる唇から伝わってくる。

「嫌だったら言って」

動きを止めた秋本くんが、真剣に私に告げてきた。彼の手をとって、手のひらにキスをして頬に寄せる。

「秋本くん、好き」

だから、私は秋本くんにならもっと触れられたい。

こんなにも幸せを感じたのは初めてで、少しだけ怖い。

いつか秋本くんの心が離れてしまったら、私は立ち直れないかもしれない。

だけど、そんな私の不安を取り除くように、秋本くんが微笑む。

「俺も」

キスをしながら、ワイシャツのボタンが外されていく。晒された素肌に、秋本くんの大きな手が優しく触れた。

私よりも体温が高い秋本くんが触れるたびに、溶かされていくような気分になる。

くすぐったい感覚がだんだんと形を変えていき、与えられる刺激に視界が潤んでいく。

「っ、ん……」

熱に浮かされたように、くぐもった声を漏らしながら、秋本くんに与えられる刺激に体を震わせた。

秋本くんは熱を孕んだ瞳で私を見下ろしていて、普段の彼よりも色気が増している。頬に手を伸ばすと、愛おしそうな表情で指先にキスをされた。

そのまま舌で指先を舐められて、ぬるりとしている触感に「あっ」と声が出てしまった。

恥ずかしくて唇を噛むと、秋本くんが指の腹で私の唇を撫でてくる。

「声、我慢しなくていいから」

まるで壊れ物を扱うように、秋本くんは私の隅々までキスをしたあと、少しだけ苦しそうな表情で頬に触れてきた。

私はもっととねだるように、彼の首に腕を回す。

そして熱い刺激が押し入ってくると、縋るように秋本くんに抱きついた。

どちらのものかわからない心臓の鼓動と吐息。溶け合うような深いキス。

溺れてしまいそうなほど甘い時間が、このままずっと続けばいいのにと願わずにはいられなかった。


ベッドが軋む音で目が覚める。少し眠ってしまったみたいだ。

床に脱ぎ捨てられた制服をぼんやりと眺めていると、背後からぎゅうっと抱きしめられた。肌越しに伝わってくる彼の体温が心地いい。

「すげぇ好き」

耳元で言われた言葉に、私は咄嗟に振り返った。すると、秋本くんがぽかんと口を開けて、慌てた様子で背を向けてしまう。

「……なんで起きてんだよ」

耳や首まで真っ赤になっている。

それがかわいくって、今度は私が後ろから抱きついた。

「私も、すごく好きだよ」

さっきの秋本くんの真似をするように耳元で囁くと、こちらを向いた秋本くんが私のことを引き寄せた。そして触れるだけのキスを頬や瞼(まぶた)、額にしていく。

くすぐったくて離れようとすると、それを拒まれた。

「亜未」

目尻を下げて蜂蜜みたいに甘い声で、秋本くんが私の名前を呼んだ。そしてもう一度、目を見て告げられる。

「好きだよ」

幸せに浸りながら、私は秋本くんに抱きついた。

完

あとがき

作者の丸井とまとです。

この作品は、恋愛が苦手な男の子に「女子たちに狙われているから貞操を守ってくれ」と無茶なお願いをされて戸惑うヒロインを書いてみたい！と思い、三年ほど前にラブコメとして書いていました。

そして素敵なご縁があり、書籍化をしていただくことになりました。

書籍化にあたり、元々の話から設定を一部変更しました。コメディをザクっと削り、甘さを投入して、秋本を儚げ美少年から大人っぽい色気が漂う雰囲気に。そうして、新しいふたりの恋模様ができあがりました。

あまり挑戦したことがない書籍の系統で、どこまでなら恋愛シーンを書いても大丈夫かな？と試行錯誤しながらも、とても楽しく執筆させていただきました。

個人的には、秋本のバイト先でのシーンや後半のスキンシップ禁止あたりのエピソードがお気に入りです。

表紙はカトウロカさんに、亜未と秋本を魅力的に描いていただきました！

ふたりに素敵なイラストをつけていただいて、本という形にしてもらえたことがすごく嬉しいです。ありがとうございます。

また、作中に出てきた亜未と秋本の友人の、春日井と綺莉の物語は小説投稿サイトの『野いちご』にて『教えて、春日井くん』というタイトルで公開中ですので、気になった方は是非サイトで読んでいただけたら嬉しいです。

作品に携わってくださった皆様、お力を貸してくださり、ありがとうございました。

そして作品を読んでくださった読者様、最後まで亜未たちの物語を見守ってくださり、ありがとうございました。

二〇二四年五月二十五日　丸井とまと

丸井とまと（まるい　とまと）

第5回の野いちご大賞にて『青春ゲシュタルト崩壊』大賞、『教えて、春日井くん』noicomi賞を受賞。著書に『さよなら、灰色の世界』『さよなら、2%の私たち』など多数。

カトウロカ

11月24日生まれのO型。宮城県出身の漫画家。好きなものはミッフィー。

丸井とまと先生へのファンレター宛先

〒104-0031
東京都中央区京橋1-3-1　八重洲口大栄ビル7F
スターツ出版（株）　書籍編集部気付
丸井とまと先生

高嶺の御曹司の溺愛が沼すぎる

2024年5月25日　初版第1刷発行

著者　丸井とまと　©Tomato Marui 2024

発行人　菊地修一

イラスト　カトウロカ

デザイン　カバー　稲見麗（ナルティス）

フォーマット　栗村佳苗（ナルティス）

DTP　久保田祐子

発行所　スターツ出版株式会社
〒104-0031
東京都中央区京橋1-3-1 八重洲口大栄ビル7F
TEL 03-6202-0386（出版マーケティンググループ）
TEL 050-5538-5679（書店様向けご注文専用ダイヤル）
https://starts-pub.jp/

印刷所　株式会社 光邦

Printed in Japan
ISBN 978-4-8137-1585-6 C0193

もっと、刺激的な恋を。

♥野いちご文庫人気の既刊！♥

『絶対強者の黒御曹司は危険な溺愛をやめられない』

高見未菜・著

高校生の冬亜は、不遇な環境を必死に生きていた。ある日、借金返済のため母親に闇商会へと売られてしまう。絶望の中、“良い商品になるよう仕込んでやる”と組織の幹部補佐・相楽に引き取られた冬亜。「お前…本当に可愛いね」――冷徹だと思っていた彼に、なぜか甘く囁かれて…？

ISBN978-4-8137-1573-3　定価：693円（本体630円＋税10%）

『最強冷血の総長様は拾った彼女を溺愛しすぎる』

梶ゆいな・著

両親を失い、生活のためにバイトに明け暮れる瑠佳は、最強の冷血総長・怜央から仕事の誘いを受ける。それは怜央の敵を引きつけるために、彼の恋人のふりをするというもので!?「条件は、俺にもっと甘えること」女子に無関心な怜央との関係は契約のはずが、彼は瑠佳にだけ極甘に迫ってきて…？

ISBN978-4-8137-1572-6　定価：715円（本体650円＋税10%）

書店店頭にご希望の本がない場合は、書店にてご注文いただけます。